U0726833

浮生六记·秋灯琐忆

沈复·蒋坦／著

马一夫／注

中华工商联合出版社

图书在版编目（CIP）数据

浮生六记／（清）沈复著；马一夫注释. 秋灯琐记／（清）蒋坦著；马一夫注释. -- 北京：中华工商联合出版社，2016. 5

ISBN 978 - 7 - 5158 - 1638 - 8

Ⅰ. ①浮… ②秋… Ⅱ. ①沈… ②蒋… ③马… Ⅲ. ①古典散文—散文集—中国—清代 Ⅳ. ①I264. 9

中国版本图书馆 CIP 数据核字（2016）第 077032 号

浮生六记·秋灯琐记

作　　者：	沈　复　蒋　坦
编 注 者：	马一夫
策划编辑：	魏鸿鸣
责任编辑：	熊　娟
责任审读：	郭敬梅
责任印制：	迈致红
出版发行：	中华工商联合出版社有限责任公司
印　　刷：	廊坊市印艺阁数字科技有限公司
版　　次：	2017 年 6 月第 2 版
印　　次：	2022 年 6 月第 2 次印刷
开　　本：	710mm×1012mm　1/32
字　　数：	145 千字
印　　张：	8. 25
书　　号：	ISBN 978 - 7 - 5158 - 1638 - 8
定　　价：	46. 00 元

52. 00

服务热线：010 - 58301130
销售热线：010 - 58302813
地址邮编：北京市西城区西环广场 A 座
　　　　　19 - 20 层，100044
http：//www. chgslcbs. cn
E - mail：cicap1202@ sina. com（营销中心）
E - mail：gslzbs@ sina. com（总编室）

序

马一夫

明末清初文学家冒襄的《影梅庵忆语》，开创了一种被称作"忆语体"的笔记体自传，引发了清代笔记体自传创作的热潮，涌现出大量具有较高文学价值的优秀作品，沈复的《浮生六记》和蒋坦的《秋灯琐忆》是其中的优秀代表。

一

沈复所著《浮生六记》，一直是文人雅士喜爱的闲情妙书，也受到广大现代读者的喜爱，是当下出版发行量最大、流行最广的清代笔记体自传。

沈复，字三白，苏州人，生于乾隆二十八年

（1763 年），大约卒于嘉庆十三年（1808 年）。父亲沈稼夫为一方名流，家道兴隆，沈复生于"衣冠之家"，闲居苏州后沧浪亭，随父游历江南胜境，遂养成随心所欲、放浪不羁之性情。做幕僚却无政治志向，经商又无经济头脑，而钟情闺房之乐，留恋山水之趣，广交名人雅士，出入青楼酒肆，风流倜傥，放浪形骸，竟被父母数次逐出家门，与兄弟断绝往来。早年生活主要依靠家庭接济，与家人反目后，不得不以卖画糊口度日。中年以后，尤其是爱妻陈芸死后，沈复开始将半生游历和家庭生活的情景付诸笔端，晚年又增加了介绍出使琉球国的见闻和自己养生的经验体会等内容，合编成《浮生六记》。

《浮生六记》的取名，得自于李白的诗句"浮生若梦，为欢几何"，寄寓了作者对人生的体悟和感慨。全书共六卷：第一卷《闺房记乐》记录沈复与陈芸情趣相投、恩爱意浓的夫妻生活；第二卷《闲情记趣》写作者纵情诗酒、浪迹湖山的闲情雅兴；第三卷《浪游记快》记作者"游幕三十年"，遍历大江南北的所见所闻；第四卷《坎坷记愁》记录作者屡屡不见容于家庭，被迫流落在外坎坷度日的愁苦经历；第五卷《中山记历》记录出使琉球国的奇闻逸事；第六卷《养生记道》叙述作者的养生之道。按不同的专题较为完整地记录了作者一生的经历，字里行间流露着作者注重自我意识、追求心灵自由的真性情。

《浮生六记》成书并流行于世，大约是在19世纪初期。林语堂曾推测："这书，在1810年至1830年间当流行于姑苏。"现在见到的最早的《浮生六记》，是1877年（光绪四年）闻尊阁铅印的四卷本，五六两卷已经缺失。1924年北京霜枫社出版了俞平伯校勘标点的四卷本《浮生六记》，是目前流行的最权威的版本。1936年，林语堂将《浮生六记》四篇翻译成英文，在《天下》月刊连载，后由西风社出版英汉对照单行本，在海内外广泛流传。1935年，上海世界书局出版《美化文学名著丛刊》，朱剑芒将王均卿在地摊搜寻到的《浮生六记》的全本收入之中，成为最早的足本《浮生六记》。对王均卿搜寻到的五六两卷的真伪，始终存在着激烈的争议，否定的意见占据着主导地位，《浮生六记》仅存四卷的说法一直延续至今。

二

蒋坦所作《秋灯琐忆》，全文仅 8000 字，完成之时便有人认为其艺术水平超过冒襄《影梅庵忆语》，可与李清照《金石录后序》媲美，百年来始终受到读者的喜爱。

蒋坦，字平伯，号蔼卿，浙江钱塘（今杭州）人，约生于嘉庆二十三年（1818 年）之后，卒于同治二年（1863 年）之前，享年大约四十二岁。生于盐商家庭，秀才出身，擅长书法，亦精通诗画，有《息影庵诗稿集外集》《愁鸾集》传世。一生未入仕途，不事工商，长年居住于杭州西湖，与爱妻关瑛（秋芙）偕隐家园，诗酒唱和。咸丰初年完成《秋灯琐忆》，赢得当时圈内文人的高度赞誉。蒋坦几乎终生无业，生活主要靠父母接济。太平天国战争期间，受战乱影响，蒋家逐渐衰败，最终破产，蒋坦穷困而死。

《秋灯琐忆》讲述作者与妻子秋芙诗书唱和、山水纵情的琐事，全文以"秋芙来归"开篇，以"愿世世永为夫妇""证明佛前"收尾，秋芙始终为主角。《秋灯琐忆》的命名，透露了作者的立意，也概括了作品的特点。"秋"自然指秋芙；"灯"则暗含"青灯古佛"，不仅实写当时作者的誓愿，也透露了所记内容不关功名利禄、经济世用，而与遁世逍遥有关。全篇皆为夫妻、朋友间纵情诗酒、浪迹湖山的闲情逸致，专注于闺中生活的细节描绘、闲情雅趣的极度渲染，不仅与"文以载道""微言大义"无关，即使是他们经历过的社会变故、政治动乱也都一概略去，真可谓一个"琐忆"完全彻底。

咸丰二年（1852年），蒋坦将刚刚完成的《秋灯琐忆》交给好友魏伯滋作序，后在文人圈内流传，当时即有人认为《秋灯琐忆》可与冒襄的《梅影庵忆语》相媲美，更有人认为"更过之"。

咸丰七年（1857年），秋芙去世后，蒋坦雕版刊印了夫妻合集的《三十六芙蓉馆诗存》，将增补了悼亡词语的《秋灯琐忆》收录其中。后世流传的就是这个增补版本。1936年上海世界书局出版朱剑芒编《美化文学名著丛刊》，收入明清"性灵文学"十种，《秋灯琐忆》位列其中。林语堂将《秋灯琐忆》译成英文，在海内外广为流传，《秋灯琐忆》俨然成为"性灵文学"的典型代表。

三

《浮生六记》与《秋灯琐忆》历来被爱好者相提并论。清末民初，有人将冒襄的《梅影庵忆语》、沈复的《浮生六记》、陈裴之的《香畹楼忆语》、蒋坦的《秋灯琐忆》，并称"闲书四种"。

20 世纪 30 年代，林语堂先后将它们翻译成英文，朱剑芒主编《美化文学名著丛刊》将二者并列一处，新时期以来，也有众多的论家和出版物将二者合为一处。这种现象并非出于巧合，《浮生六记》与《秋灯琐忆》的确是两部可以并立媲美的佳作妙品。

《浮生六记》记录沈复先甜后苦的一生经历，从家庭到事业、从闺情到漫游，夫妻温存与坎坷生计、习幕作贾与撰文绘画、世态炎凉与怡情养性，可谓无所不包。深情直率地叙述夫妻闺房之乐、夫妻间至诚至爱的真情，一个真情真性、有血有肉的沈复，真实可信地展现在了读者面前。但与一般的自传文不同，《浮生六记》不是按时间顺序结构文章、按人生经历的起落沉浮划分段落，而是将一生经历划分成若干个方面，按不同的主题依次写出，形成了自己的风格，为中国自传文学开创了一种新的体例。《秋灯琐忆》讲述蒋坦与秋芙妇唱夫随、欢乐谐和的闲适生活，选取赋诗、联句、下棋、作画、抚琴、会友、云游、寻禅、问道等生活片断，在一种异于常人的幸福美满中，活画出一个才华出众、超凡脱俗的秋芙。秋芙是主角，蒋坦只是一个讲述者。时间的顺序清晰可见，人生的经历却并不完整，内容的选择只在于展示秋芙的闲情雅兴、天纵之才。

林语堂曾作《两个中国女子》专门分析陈芸和秋芙，赞赏她们是"中国古代最可爱的两个女性"。陈芸柔媚和顺，温婉秀丽，品貌兼备，知书识礼，伶俐乖巧，吃苦耐劳，聪明能干，宽容大度，是一个完全符合中国传统文化审美标准的女性的代表。秋芙是一名知性女子，天生聪慧，悟性奇高，琴画诗书触手便通，对古今文学艺术、佛经禅道都有独到见解。在她们极富情趣的生活中，陈芸和秋芙都是行为的主动者。对理想生存状态的积极追求，使她们能够摆脱物质生活贫乏的困扰，忘却身体病弱的痛楚，去享受灵魂的飞扬和精神的解放。具有自主意识，大胆追求精神自由的陈芸与秋芙，不仅在缺少女性形象的中国古代文学中"最为可爱"，就是与现当代文学中的女性形象相比，也是不可多见的可爱人物。

《浮生六记》笔致生动、文采斐然，无论记乐还是记愁，无论写情还是状景，都采用一种极尽优美的文字，着意营造一种情景交融的意境，处处流露出浑然天成的恬淡与幽雅，读来令人如饮醴酪、如坐春风，沉浸其中而流连忘返。《秋灯琐忆》朴质疏淡，婉约平实，没有精致华贵的辞藻，悼红惜玉伤春悲秋的哀怨。无论是琴瑟和谐的爱情甜美还是贫病交加的生活凄凉，还是纵情琴棋书画、浪游湖光山色，所有的情境都用细小的动作、表情、话语、声音来勾勒，生活的琐琐碎碎、点点滴滴，宛如一颗颗晶莹剔透的珍珠，由饱含浓情的回忆串成一个浑圆饱满的整体，散发着一种温馨的气息和柔美的光泽。二者的表现风格不尽相同，艺术境界却十分接近。大胆直率的真情表达，闲情雅性的恣意渲染，真纯率真，独抒性灵，都在表现作者的真体验、真性情、真切的人生况味，给读者带来性情的陶冶和醇美的阅读享受。

总 目 录

浮 生 六 记

秋 灯 琐 忆

浮生六记

[清] 沈复 著

序　一

　　是编合冒巢民《影梅盦忆语》、方密之《物理小识》、李笠翁《一家言》、徐霞客《游记》诸书，参错贯通，如五侯鲭，如群芳谱，而绪不芜杂，指极幽馨。绮怀可以不删，感遇乌能自已，洵《离骚》之外篇，《云仙》之续记也。向来小说家标新立异，移步换形，后之作者几于无可著笔，得此又树一帜。惜乎卷帙不全，读者犹有遗憾；然其凄艳秀灵，怡神荡魄，感人固已深矣。

　　仆本恨人，字为秋士。对安仁之长簟，尘掩茵帱；依公瑕之故居，种寻药草（余居定光寺西，为前明周公瑕药草山房故址）。海天琐尾，尝酸味于芦中；山水遨头，骋豪情于花外。我之所历，间亦如君；君之所言，大都先我。惟是养生意懒，学道心违，亦自觉阙如者，又谁为补之欤？浮生

若梦，印作珠摩（余藏旧犀角圆印一，镌"浮生
若梦"二语）；记事之初，生同癸未（三白先生生
于乾隆癸未，余生于道光癸未）。上下六十年，有
乡先辈为我身作印证，抑又奇巳。聊赋十章，岂
惟三叹。

艳福清才两意谐，宾香阁上斗诗牌。
深宵同啜桃花粥，刚识双鲜酱味佳。

琴边笑倚鬓双青，跌宕风流总性灵。
商略山家栽种法，移春槛是活花屏。

分付名花次第开，胆瓶拳石伴金罍。
笑他琐碎板桥记，但约张魁清早来。

曾经沧海难为水，除却巫山不是云。
守此情天与终古，人间鸳牒只须焚。

衅起家庭剧可怜，幕巢飞燕影凄然。
呼灯黑夜开门去，玉树枝头泣杜鹃。

梨花憔悴月无聊，梦逐三春尽此宵。
重过玉钩斜畔路，不堪消瘦沈郎腰。

雪暗荒江夜渡危，天涯莽莽欲何之？
写来满幅征人苦，犹未生逢兵乱时。

铁花岩畔春多丽，铜井山边雪亦香。
从此拓开诗境界，湖山大好似吾乡。

眼底烟霞付笔端，忽耽冷趣忽浓欢。
画船灯火层寮月，都作登州海市观。

便做神仙亦等闲，金丹若炼月生悭。
海山闻说风能引，也在虚无缥缈间。

同治甲戌初冬，香禅精舍近僧题。

序 二

　　予妇兄杨甦补明经曾于冷摊上购得《浮生六记》残本,笔墨间缠绵哀感一往情深,于伉俪尤敦笃。卜宅沧浪亭畔,颇擅水石林树之胜。每当茶熟香温,花开月上,夫妇开尊对饮,觅句联吟,其乐神仙中人不啻也。曾几何时,一切皆幻。此记之所由作也。予少时尝跋其后云:"从来理有不能知,事有不必然,情有不容已。夫妇准以一生,而或至或不至者,何哉?盖得美妇非数生修不能,而妇之有才有色者,辄为造物所忌,非寡即夭。然才人与才妇旷古不一合,苟合矣,即寡夭焉,何憾!正帷其寡夭焉,而情益深;不然,即百年相守,亦奚裨乎?呜呼!人生有不遇之感,兰杜有零落之悲。历来才色之妇,湮没终身,抑郁无聊，甚且失足堕行者不少矣，而得如所遇以夭者，抑亦难之。乃后之人凭吊，或嗟其命之不辰，或悼其寿之弗永，是不知造物者所以善全之意也。美妇得才人，虽死贤于不死。彼庸庸者即使百年相守，而不必百年已泯然尽矣。造物所以忌之，正造物所以成之哉！"顾跋后未越一载，遽赋悼亡，若此语为之谶也。是书余惜未抄副本，旅粤以来时忆及之。今闻虶补已出付尊闻阁主人以活字板排印，特邮寄此跋，附于卷末，志所始也。

丁丑秋九月中旬，淞北玉鲍生王韬病中识。

卷一　闺房记乐

　　余生乾隆癸未①冬十一月二十有二日。正值太平盛世，且在衣冠之家②，居苏州沧浪亭③畔，天之厚我，可谓至矣。东坡云："事如春梦了无痕。"④苟不记之笔墨，未免有辜彼苍之厚。因思《关雎》冠三百篇之首⑤，故列夫妇于首卷，余以次递及焉。所愧少年失学，稍识之无⑥，不过记其实情实事而已。若必考订其

---

①　乾隆癸未：清乾隆二十八年，即1763年。

②　衣冠之家：指名门望族、诗书仕宦之家。

③　沧浪亭：江苏苏州名园之一。

④　见苏轼《正月二十日，与潘、郭二生出郊寻春，忽记去年是日同至女王城作诗，乃和前韵》一诗。

⑤　《关雎》：《诗经·周南》篇名。三百篇：即我国最早的诗歌总集《诗经》。《关雎》是《诗经》一书的第一篇。

⑥　稍识之无：稍微认识几个简单的字，形容识字不多。之、无，古代最简单最常见的字。

文法，是责明于垢鉴①矣。

余幼聘金沙于氏，八龄而夭；娶陈氏。陈名芸，字淑珍，舅氏心余先生女也。生而颖慧，学语时，口授《琵琶行》②，即能成诵。四龄失怙③，母金氏，弟克昌，家徒壁立。芸既长，娴女红④，三口仰其十指供给，克昌从师修脯⑤无缺。一日，于书簏⑥中得《琵琶行》，挨字而认，始识字。刺绣之暇，渐通吟咏，有"秋侵人影瘦，霜染菊花肥"之句。

余年一十三，随母归宁⑦。两小无嫌，得见所作，虽叹其才思隽秀，窃恐⑧其福泽不深，然心注不能释。告母曰："若为儿择妇，非淑姊不娶。"母亦爱其柔

① 责明于垢鉴：从污秽的镜子中寻求明亮。
② 《琵琶行》：唐代诗人白居易所作长篇叙事诗，描写一个歌伎沦落为商人妇的悲惨经历。
③ 失怙：失去了依靠。这里指失去了父亲的庇爱，意即父亲去世了。
④ 娴女红：熟悉缝纫刺绣。女红，旧指女子所做的缝纫、刺绣等针线活。
⑤ 修脯：肉干。古时弟子用来送给老师做见面礼。"修"为"脩"通假。
⑥ 书簏：竹制的书箱。簏，竹箱。
⑦ 归宁：古时指已出嫁的妇女回娘家。
⑧ 窃恐：暗地里担心。窃，暗中，私下。

和，即脱金约指缔姻①焉。此乾隆乙未②七月十六日也。

是年冬，值其堂姊出阁，余又随母往。芸与余同齿③而长余十月，自幼姊弟相呼，故仍呼之曰淑姊。时但见满室鲜衣，芸独通体素淡，仅新其鞋而已。见其绣制精巧，询为己作，始知其慧心不仅在笔墨也。其形削肩长项，瘦不露骨，眉弯目秀，顾盼神飞。唯两齿微露，似非佳相。一种缠绵之态，令人之意也消。

索观诗稿，有仅一联，或三四句，多未成篇者。询其故，笑曰："无师之作，愿得知己堪师者④，敲成之耳。"余戏题其签曰："锦囊佳句。"不知夭寿之机⑤此已伏矣。

---

① 约指：戒指。缔姻：缔结婚姻。此处指求亲、订婚。

② 乾隆乙未：清乾隆四十年，即 1775 年。

③ 同齿：同龄。

④ 堪师者：可以作为老师的人。堪，可以，足以，能。

⑤ 夭寿之机：短命的先兆。夭，指未成年的人死去。

是夜，送亲城外，返已漏三下①，腹饥索饵，婢妪②以枣脯进，余嫌其甜。芸暗牵余袖，随至其室，见藏有暖粥并小菜焉。余欣然举箸，忽闻芸堂兄玉衡呼曰："淑妹速来!"芸急闭门曰："已疲乏，将卧矣。"玉衡挤身而入，见余将吃粥，乃笑睨芸曰："顷我索粥，汝曰'尽矣'，乃藏此专待汝婿耶?"芸大窘避去，上下哗笑之。余亦负气，挈老仆先归。自吃粥被嘲，再往，芸即避匿，余知其恐贻人笑也。

至乾隆庚子③正月廿二日花烛之夕，见瘦怯身材依然如昔。头巾既揭，相视嫣然。合卺④后，并肩夜膳，余暗于案下握其腕，暖尖滑腻，胸中不觉怦怦作跳。让之食，适逢斋期，已数年矣。暗计吃斋之初，正余出痘之期，因笑谓曰："今我光鲜无恙，姊可从此开戒否?"芸笑之以目，点之以首。

---

① 漏三下：指时刻已到半夜三更。漏，古代计时用的漏壶。

② 婢妪：年老的婢女。

③ 乾隆庚子：清乾隆四十五年，即1780年。

④ 合卺：喝交杯酒，指夫妇成婚之礼。

　　廿四日为余姊于归^①，廿三国忌^②不能作乐，故廿二之夜即为余姊款嫁。芸出堂陪宴，余在洞房与伴姬^③对酌，拇战辄北^④，大醉而卧，醒则芸正晓妆未竟也。

　　是日，亲朋络绎，上灯后始作乐。廿四子正，余作新舅送嫁，丑末归来，业已灯残人静。悄然入室，伴妪盹于床下，芸卸妆尚未卧，高烧银烛，低垂粉颈，不知观何书而出神若此。因抚其肩曰："姊连日辛苦，何犹孜孜不倦耶？"

　　芸忙回首起立曰："顷正欲卧，开橱得此书，不觉阅之忘倦。《西厢》^⑤之名闻之熟矣，今始得见，真不愧才子之名，但未免形容^⑥尖薄耳。"余笑曰："唯其

---

① 于归：旧指女子出嫁。

② 国忌：皇帝和皇后驾崩的日子，旧时称国忌。每逢此日，百姓不能进行娱乐活动。

③ 伴妪：伴娘。

④ 拇战辄北：划拳总是输。拇战，划拳。

⑤ 《西厢》：元代王实甫所作著名杂剧，全名《崔莺莺待月西厢记》。取材于唐代元稹的传奇小说《莺莺传》。

⑥ 形容：这里指人物形象刻画。

才子，笔墨方能尖薄。"

伴妪在旁促卧，令其闭门先去。遂与比肩调笑，恍同密友重逢。戏探其怀，亦怦怦作跳。因俯其耳曰："姊何心舂乃尔①耶？"芸回眸微笑，便觉一缕情丝摇人魂魄；拥之入帐，不知东方之既白。

芸作新妇，初甚缄默，终日无怒容，与之言，微笑而已。事上以敬，处下以和，井井然未尝稍失。每见朝暾②上窗，即披衣急起，如有人呼促者然。余笑曰："今非吃粥比矣，何尚畏人嘲耶？"芸曰："曩之藏粥待君，传为话柄。今非畏嘲，恐堂上道新娘懒惰耳。"

余虽恋其卧而德其正，因亦随之早起。自此耳鬓相磨，亲同形影，爱恋之情有不可以言语形容者。

而欢娱易过，转睫弥月③。时吾父稼夫公在会稽幕

---

① 心舂：心跳得像舂米一样。形容心跳得厉害。
② 朝暾：早晨刚升起的太阳。暾，刚出的太阳。
③ 转睫弥月：转眼就到了一个月。弥，满。

府①，专役相迓②，受业于武林③赵省斋先生门下。先生循循善诱，余今日之尚能握管④，先生力也。归来完姻时，原订随侍到馆；闻信之余，心甚怅然，恐芸之对人堕泪，而芸反强颜劝勉，代整行装，是晚，但觉神色稍异而已。临行，向余小语曰："无人调护，自去经心！"

及登舟解缆，正当桃李争妍之候，而余则怳同林鸟失群，天地异色。到馆后，吾父即渡江东去。

居三月如十年之隔。芸虽时有书来，必两问一答，半多勉励词，余皆浮套语，心殊怏怏⑤。每当风生竹院，月上蕉窗，对景怀人，梦魂颠倒。先生知其情，即致书吾父，出十题而遣余暂归，喜同戍人⑥得赦。

---

① 幕府：旧指古代将军的府署。后世也称地方军政大员的府署为幕府。

② 专役相迓：派专人来接。

③ 武林：杭州的别称，因武林山而得名。

④ 握管：提笔书写。管，笔杆，这里代指笔。

⑤ 心殊怏怏：心情很不愉快。怏怏，不高兴的样子。

⑥ 戍人：戍守边疆的军士。

登舟后，反觉一刻如年。及抵家，吾母处问安毕。
入房，芸起相迎，握手未通片语，而两人魂魄恍恍然
化烟成雾，觉耳中惺然一响，不知更有此身矣。

时当六月，内室炎蒸，幸居沧浪亭爱莲居西间
壁。板桥内一轩①临流，名曰"我取"，取"清斯濯
缨，浊斯濯足"②意也。檐前老树一株，浓阴覆窗，
人面俱绿。隔岸游人往来不绝。此吾父稼夫公垂帘宴
客处也。禀命吾母，携芸消夏于此，因暑罢绣，终日
伴余课书③论古，品月评花而已。芸不善饮，强之可
三杯，教以射覆④为令。自以为人间之乐，无过于
此矣。

一日，芸问曰："各种古文，宗何为是⑤？"余曰：

_____

① 轩：有窗的长廊或小室。

② 清斯濯缨，浊斯濯足：语本出自屈原《渔父》："沧浪之水清兮，可
  以濯吾缨；沧浪之水浊兮，可以濯吾足。"表现出一种清浊分明，不
  愿同流合污的品质。

③ 课书：读书。课，这里指按计划学习。

④ 射覆：古代的一种游戏，在器皿下覆盖着东西让人猜。

⑤ 宗何为是：学习什么最好。宗，效法，学习。

"《国策》①、《南华》② 取其灵快，匡衡③、刘向④取其雅健，史迁⑤、班固⑥取其博大，昌黎⑦取其浑，柳州⑧取其峭，庐陵⑨取其宕，三苏⑩取其辩。他若贾、董⑪策对⑫，庾、徐⑬骈体，陆贽奏议⑭，取资者不能尽举，在人之慧心领会耳。"

---

① 《国策》：即《战国策》。汉代刘向根据战国时各诸侯国史料编辑而成，共33篇。

② 《南华》：即《庄子》。唐代崇尚道教，把道家的作品奉为经典，于是称《庄子》为《南华经》。

③ 匡衡：字稚圭，西汉文学家、经学家。少时家贫，"凿壁偷光"苦学，后来官至丞相。

④ 刘向：本名更生，字子政，西汉经学家、目录学家、文学家。曾校阅群书，著述颇丰。

⑤ 史迁：即司马迁，字子长，西汉伟大的史学家、文学家。《史记》开创了纪传体通史的范例。

⑥ 班固：字孟坚，东汉杰出史学家、文学家。《汉书》开创了纪传体断代史的体例。

⑦ 昌黎：即韩愈，字退之，唐代伟大的散文家，杰出诗人、哲学家，领导了当时的古文运动。自称系出自昌黎韩氏，人称"昌黎先生"，有《韩昌黎集》。

⑧ 柳州：即柳宗元，字子厚，唐代杰出文学家，与韩愈同为古文运动的
　　主将。因参加革新政治，贬为永州司马，后迁柳州，政绩卓著，世称
　　"柳柳州"，有《柳河东集》。

⑨ 庐陵：即欧阳修，字永叔，号醉翁、六一居士，北宋杰出文学家，自称
　　庐陵人（今江西永丰县沙溪），有《欧阳文忠集》。

⑩ 三苏：北宋文学家苏洵和其子苏轼、苏辙的并称。皆工散文，笔力雄
　　健，同列"唐宋散文八大家"。

⑪ 贾：即贾谊，西汉杰出政论家、辞赋家，有《贾长沙集》。董：即董仲
　　舒，西汉著名哲学家、经学大师，倡导罢黜百家，独尊儒术，开以儒
　　学为正统的先声，有《春秋繁露》及《董子文集》。

⑫ 策对：策问文体的一种。针对有关经义或政事等提出的问题而陈述叫
　　"对策"，又叫"策对"。后世科举考试多采用这种办法。

⑬ 庾：即庾信，字子山，号兰成，南北朝北周著名文学家，骈文对仗工整，
　　为"四六"文的先驱，有《庾子山集》。徐：即徐陵，字孝穆，南北朝
　　陈代文学家，与庾信齐名，编撰《玉台新咏》，有《徐孝穆集》。

⑭ 陆贽：字敬舆，唐代著名政治家，文学家。唐德宗时任内相，性刚直，
　　指陈时政，多切中时弊，有《翰苑集》。

芸曰："古文全在识高气雄，女子学之恐难入彀①。唯诗之一道，妾稍有领悟耳。"

余曰："唐以诗取士，而诗之宗匠必推李、杜②，卿爱宗何人？"

芸发议曰："杜诗锤炼精纯，李诗潇洒落拓。与其学杜之森严，不如学李之活泼。"

余曰："工部为诗家之大成，学者多宗之。卿独取李，何也？"

芸曰："格律谨严，词旨老当，诚杜所独擅。但李诗宛如姑射仙子③，有一种落花流水之趣，令人可爱。非杜亚于李，不过妾之私心宗杜心浅，爱李心深。"

余笑曰："初不料陈淑珍乃李青莲知己。"

---

① 入彀：彀，使劲张弓。入彀，原指箭进入能射及的范围，后来比喻就范，也比喻合乎一般程式或要求。

② 李：即李白，字太白，号青莲居士，唐代诗人，我国古典诗歌中积极浪漫主义的高峰，被称为"诗仙"，有《李太白集》。杜：即杜甫，字子美，唐代诗人，我国古代现实主义诗歌的典型代表，作品被称为"诗史"。曾任检校尚书工部员外郎，后人因称"杜工部"，有《杜工部集》。

③ 姑射仙子：姑射，山名。《庄子·逍遥游》说姑射山有神人居住，肌肤若冰雪，绰约若处子。后多用"姑射仙子"比喻美貌女子。

芸笑曰："妾尚有启蒙师白乐天①先生，时感于怀，未尝稍释。"

余曰："何谓也？"

芸曰："彼非作《琵琶行》者耶？"

余笑曰："异哉！李太白是知己，白乐天是启蒙师，余适字三白为卿婿；卿与'白'字何其有缘耶？"

芸笑曰："白字有缘？将来恐白字连篇耳。"（吴音呼别字为白字）

相与大笑。

余曰："卿既知诗，亦当知赋之弃取。"

芸曰："《楚辞》② 为赋之祖，妾学浅费解。就汉、晋人中调高语炼，似觉相如③为最。"

---

① 白乐天：即白居易，字乐天，晚年号香山居士，唐代诗人，新乐府诗的倡导者和经典代表，长篇叙事诗《长恨歌》、《琵琶行》影响巨大，有《白氏长庆集》。

② 《楚辞》：西汉刘向编辑的辞赋总集。全书以屈原作品为主，其余各篇也都是继承屈赋的形式。

③ 相如：司马相如，字长卿，西汉著名辞赋家，《子虚赋》、《上林赋》、《长门赋》等世负盛名。

余戏曰："当日文君之从长卿^①，或不在琴而在此乎?"复相与大笑而罢。

余性爽直，落拓不羁；芸若腐儒，迂拘^②多礼。偶为之整袖，必连声道"得罪"；或递巾授扇，必起身来接。余始厌之，曰："卿欲以礼缚我耶?《语》曰：'礼多必诈'。"

芸两颊发赤，曰："恭而有礼，何反言诈?"

余曰："恭敬在心，不在虚文^③。"

芸曰："至亲莫如父母，可内敬在心而外肆狂放耶?"

余曰："前言戏之耳。"

芸曰："世间反目多由戏起。后勿冤妾，令人郁

---

① 文君之从长卿：见《汉书·司马相如传》。卓文君是西汉临邛首富卓王孙的女儿。一次，司马相如到卓王孙家做客，遇到新寡家居的卓文君，一见钟情，于是在一个月夜抚琴唱《凤求凰》。文君听琴后，便和相如私奔成都。不久同返临邛，因生活拮据，只好文君当垆，相如卖酒，艰难度日。

② 迂拘：迂腐拘谨。

③ 虚文：旧指礼节仪式。

死！"

余乃挽之入怀，抚慰之，始解颜为笑。

自此"岂敢""得罪"竟成语助词矣。

鸿案相庄①廿有三年，年愈久而情愈密。家庭之内，或暗室相逢，窄途邂逅，必握手问曰："何处去？"私心忐忑②，如恐旁人见之者。实则同行并坐，初犹避人，久则不以为意。芸或与人坐谈，见余至，必起立偏挪其身，余就而并焉。彼此皆不觉其所以然者，始以为惭，继成不期然而然。

独怪老年夫妇，相视如仇者，不知何意？或曰："非如是，焉得白头偕老哉？"斯言诚然欤？

是年七夕，芸设香烛瓜果，同拜天孙③于"我取轩"中。余镌"愿生生世世为夫妇"图章二方，余执

---

① 鸿案相庄：夫妻之间恭敬有礼的样子。鸿案，指后汉时期，梁鸿和孟光夫妻举案齐眉、相敬如宾的故事。

② 私心忐忑：心中惴惴不安的样子。忐忑，忐忑不安，心神不定。

③ 天孙：即织女。传说织女是天帝的孙女。

朱文，芸执白文①，以为往来书信之用。是夜，月色颇佳，俯视河中，波光如练。轻罗小扇，并坐水窗，仰见飞云过天，变态万状。

芸曰："宇宙之大，同此一月。不知今日世间，亦有如我两人之情兴否？"

余曰："纳凉玩月，到处有之。若品论云霞，或求之幽闺绣闼，慧心默证者固亦不少；若夫妇同观，所品论者恐不在此云霞耳。"未几，烛烬月沉，撤果归卧。

七月望②，俗谓之鬼节。芸备小酌，拟邀月畅饮。夜忽阴云如晦，芸愀然③曰："妾能与君白头偕老，月轮当出。"余亦索然。

但见隔岸萤光明灭万点，梳织于柳堤蓼渚④间。余

---

① 朱文：即阳文，印章上所刻的字是凸出来的。白文：即阴文，印章上所刻的字是凹进去的。

② 七月望：即七月十五日。月圆为望，指农历每月十五日。

③ 愀然：神色严肃或不愉快。

④ 蓼渚：生有蓼草的水边或水中小洲。蓼，生长在水边的草本植物。渚，水边或水中的小块陆地。

与芸联句以遣闷怀。而两韵之后，逾联逾纵，想入非夷，随口乱道。芸已漱涎涕泪，笑倒余怀，不能成声矣。

觉其鬓边茉莉浓香扑鼻，因拍其背以他词解之曰："想古人以茉莉形色如珠，故供助妆压鬓，不知此花必沾油头粉面之气，其香更可爱。所供佛手当退三舍①矣。"

芸乃止笑曰："佛手乃香中君子，只在有意无意间；茉莉是香中小人，故须借人之势，其香也如胁肩谄笑②。"

余曰："卿何远君子而近小人？"

芸曰："我笑君子爱小人耳。"

正话间，漏已三滴。渐见风扫云开，一轮涌出，乃大喜。倚窗对酌。酒未三杯，忽闻桥下哄然一声，如有人堕。就窗细瞩，波明如镜，不见一物，惟闻河滩有只鸭急奔声。余知沧浪亭畔素有溺鬼，恐芸胆怯，未敢即言。芸曰："噫，此声也，胡为乎来哉？"不禁

---

① 退三舍：比喻让步或回避。舍，古代行军30里为一舍。

② 胁肩谄笑：耸起双肩，谄媚地装出笑脸。形容逢迎巴结的丑态。

毛骨皆栗。急闭窗，携酒归房。一灯如豆，罗帐低垂，弓影杯蛇①，惊神未定。剔灯入帐，芸已寒热大作。余亦继之，困顿两旬。真所谓乐极灾生，亦是白头不终之兆。

中秋日，余病初愈。以芸半年新妇，未尝一至间壁之沧浪亭，先令老仆约守者勿放闲人。于将晚时，偕芸及余幼妹，一妪一婢扶焉，老仆前导，过石桥，进门，折东曲径而入，叠石成山，林木葱翠。亭在土山之巅，循级至亭心，周望极目可数里，炊烟四起，晚霞灿然。隔岸名"近山林"；为大宪行台②宴集之地，时正谊书院③犹未启也。携一毯设亭中，席地环坐，守者烹茶以进。少焉，一轮明月已上林梢。渐觉风生袖底，月到波心，俗虑尘怀，爽然顿释。芸曰："今日之游乐矣！若驾一叶扁舟，往来亭下，不更快哉！"

---

① 弓影杯蛇：疑神疑鬼，自相惊扰。典出《晋书·乐广传》。
② 大宪行台：对行省最高长官的尊称。宪，朝廷派驻各行省的高级官吏；行台，清代行省的最高行政长官。
③ 正谊书院：清代苏州著名的书院，藏书达60000余卷。

时已上灯，忆及七月十五夜之惊，相扶下亭而归。

吴俗，妇女是晚不拘大家小户皆出，结队而游，名曰"走月亮"。沧浪亭幽雅清旷，反无一人至者。

吾父稼夫公喜认义子，以故余异姓弟兄有二十六人。吾母亦有义女九人。九人中王二姑、俞六姑与芸最和好。王痴憨善饮，俞豪爽善谈。每集，必逐余居外，而得三女同榻；此俞六姑一人计也。

余笑曰："俟妹于归后，我当邀妹丈来，一住必十日。"

俞曰："我亦来此，与嫂同榻，不大妙耶？"芸与王微笑而已。

时为吾弟启堂娶妇，迁居饮马桥之米仓巷，屋虽宏畅，非复沧浪亭之幽雅矣。吾母诞辰演剧，芸初以为奇观。吾父素无忌讳，点演《惨别》①等剧，老伶刻画，见者情动。余窥帘见芸忽起去，良久不出，入内探之。俞与王亦继至。见芸一人支颐独坐镜奁之侧，

① 《惨别》：疑是无名氏所作《双烈记》中"惜别"一折之误。该剧写韩世忠与梁红玉相爱的故事。

余曰:"何不快乃尔?"

芸曰:"观剧原以陶情,今日之戏,徒令人断肠耳。"

俞与王皆笑之。

余曰:"此深于情者也。"

俞曰:"嫂将竟日独坐于此耶?"

芸曰:"俟有可观者再往耳。"

王闻言先出,请吾母点《刺梁》①、《后索》②等剧,劝芸出观,始称快。

余堂伯父素存公早亡,无后,吾父以余嗣焉。墓在西跨塘福寿山祖茔③之侧,每年春日,必挈芸拜扫。王二姑闻其地有弋园之胜,请同往。

芸见地下小乱石有苔纹,斑驳可观,指示余曰:"以此叠盆山,较宣州白石为古致。"

---

① 《刺梁》:清朱佐朝《渔家乐》的一折,写侠女邬飞霞行刺汉奸梁冀的故事。

② 《后索》:明无名氏《后寻亲》的一折,写周瑞隆赴考得中后,寻找失散父亲周羽的故事。

③ 祖茔:祖先的坟地。茔,坟地。

余曰："若此者恐难多得。"

王曰："嫂果爱此，我为拾之。"

即向守坟者借麻袋一，鹤步①而拾之。每得一块，余曰"善"，即收之；余曰"否"，即去之。未几，粉汗盈盈，拽袋返曰："再拾则力不胜矣。"

芸且拣且言曰："我闻山果收获，必藉猴力，果然！"

王愤撮十指作哈痒状，余横阻之，责芸曰："人劳汝逸，犹作此语，无怪妹之动愤也。"

归途游弋园，稚绿娇红，争妍竞媚。王素憨，逢花必折，芸叱曰："既无瓶养，又不簪戴，多折何为？"

王曰："不知痛痒者何害？"

余笑曰："将来罚嫁麻面多须郎，为花泄忿。"

王怒余以目，掷花于地，以莲钩拨入池中，曰："何欺侮我之甚也！"芸笑解之而罢。

芸初缄默，喜听余议论。余调其言，如蟋蟀之用纤草，渐能发议。其每日饭必用茶泡，喜食芥卤乳腐，

---

① 鹤步：行步像鹤一样敏捷、轻健。

吴俗呼为"臭乳腐";又喜食虾卤瓜。此二物余生平所最恶者,因戏之曰:"狗无胃而食粪,以其不知臭秽;蜣螂①团粪而化蝉,以其欲修高举也。卿其狗耶?蝉耶?"

芸曰:"腐取其价廉而可粥可饭,幼时食惯。今至君家,已如蜣螂化蝉,犹喜食之者,不忘本也。至卤瓜之味,到此初尝耳。"

余曰;"然则我家系狗窦②耶?"

芸窘而强解曰:"夫粪,人家皆有之,要在食与不食之别耳。然君喜食蒜,妾亦强啖之。腐不敢强,瓜可掩鼻略尝,入咽当知其美;此犹无盐③貌丑而德美也。"

余笑曰:"卿陷我作狗耶?"

芸曰:"妾作狗久矣,屈君试尝之。"

---

① 蜣螂:黑色昆虫,常把粪滚成球形,俗称屎壳郎。

② 狗窦:狗洞。窦,洞。

③ 无盐:姓钟离,名春,战国时齐国无盐(今山东东平)人。相貌丑陋,曾自谒齐宣王,面责其奢淫腐败,宣王感动,立无盐为王后。后世用以称颂和比拟貌丑而有德行的妇女。

以箸强塞余口，余掩鼻咀嚼之，似觉脆美，开鼻再嚼，竟成异味。从此亦喜食。芸以麻油加白糖少许拌卤腐，亦鲜美。以卤瓜捣烂拌卤腐，名之曰"双鲜酱"，有异味。

余曰："始恶而终好之，理之不可解也。"

芸曰："情之所钟，虽丑不嫌。"

余启堂弟妇，王虚舟先生孙女也。催妆时偶缺珠花，芸出其纳采所受者呈吾母，婢妪旁惜之。芸曰："凡为妇人，已属纯阴，珠乃纯阴之精，用为首饰，阳气全克矣，何贵焉?"而于破书残画，反极珍惜。书之残缺不全者，必搜集分门，汇订成帙①，统名之曰"断简残编"；字画之破损者，必觅故纸粘补成幅，有破缺处，倩余全好而卷之，名曰"弃余集赏"。于女红中馈②之暇，终日琐琐，不惮烦倦。芸于破笥烂卷中，偶获片纸可观者，如得异宝，旧邻冯妪每收乱卷卖之。其癖好与余同，且能察眼意，懂眉语，一举一动，示

---

① 帙：本是包书的函子，这里指汇编成套。
② 中馈：指妇女在家里主管饮食等事项。

之以色，无不头头是道。

余尝曰："惜卿雌而伏①。苟能化女为男，相与访名山，搜胜迹，遨游天下，不亦快哉！"

芸曰："此何难。俟妾鬓斑之后，虽不能远游五岳，而近地之虎阜、灵岩，南至西湖，北至平山，尽可偕游。"

余曰："恐卿鬓斑之日，步履已艰。"

芸曰，"今世不能，期以来世。"

余曰："来世卿当作男，我为女子相从。"

芸曰："必得不昧今生，方觉有情趣。"

余笑曰："幼时一粥犹谈不了，若来世不昧今生，合卺之夕，细谈隔世，更无合眼时矣。"

芸曰："世传月下老人专司人间婚姻事。今生夫妇已承牵合，来世姻缘亦须仰藉神力，盍②绘一像祀之？"

时有苕溪③戚柳堤，名遵，善写人物，倩绘一像，

---

① 雌而伏：身为女子而只能蜷伏家中。

② 盍：何不。

③ 苕溪：水名，源出浙江省，注入江苏太湖。

一手挽红丝，一手携杖悬姻缘簿，童颜鹤发，奔驰于非烟非雾中；此戚君得意笔也。友人石琢堂为题赞语于首，悬之内室。每逢朔望，余夫妇必焚香拜祷。后因家庭多故，此画竟失所在，不知落在谁家矣。"他生未卜此生休"①，两人痴情，果邀神鉴耶？

迁仓米巷，余颜②其卧楼曰"宾香阁"，盖以芸名而取"如宾"意也。院窄墙高，一无可取。后有厢楼，通藏书处，开窗对陆氏废园，但有荒凉之象。

沧浪风景，时切芸怀。有老妪居金母桥之东、埂巷之北。绕屋皆菜圃，编篱为门；门外有池约亩许，花光树影，错杂篱边。其地即元末张士诚③王府废基也。屋西数武④，瓦砾堆成土山，登其巅可远眺，地旷人稀，颇饶野趣。

---

① 他生未卜此生休：出自李商隐《马嵬》诗句。

② 颜：门框上的横匾。这里用作动词，即题写横匾。

③ 张士诚：元末泰州盐贩，称诚王，国号周，定都平江（今江苏苏州）。1353 年率盐丁起义，不久投降元朝，参与镇压红巾军，并自称吴王。后被朱元璋农民起义军击败，被俘后在金陵（今江苏南京）自缢。

④ 数武：数步。武，半步，古时以六尺为步。

　　妪偶言及，芸神往不置①，谓余曰："自别沧浪，梦魂常绕。今不得已而思其次，其老妪之居乎？"

　　余曰："连朝秋暑灼人，正思得一清凉地以消长昼。卿若愿往，我先观其家可居，即襆被而往，作一月盘桓何如？"

　　芸曰："恐堂上不许。"

　　余曰："我自请之。"

　　越日至其地，屋仅二间，前后隔而为四，纸窗竹榻，颇有幽趣。老妪知余意，欣然出其卧室为赁，四壁糊以白纸，顿觉改观。于是禀知吾母，挈芸居焉。

　　邻仅老夫妇二人，灌园为业。知余夫妇避暑于此，先来通殷勤，并钓池鱼、摘园蔬为馈。偿其价不受，芸作鞋报之，始谢而受。

　　时方七月，绿树荫浓，水面风来，蝉鸣聒耳。邻老又为制鱼竿，与芸垂钓于柳荫深处。日落时，登土山观晚霞夕照，随意联吟，有"兽云吞落日，弓月弹流星"之句。少焉，月印池中，虫声四起，设竹榻于

---

① 神往不置：心里向往而放不下。置，弃，放下。

篱下。老妪报酒温饭熟，遂就月光对酌，微醺而饭。浴罢，则凉鞋蕉扇，或坐或卧，听邻老谈因果报应事。三鼓归卧，周体清凉，几不知身居城市矣。

篱边倩邻老购菊，遍植之。九月花开，又与芸居十日。吾母亦欣然来观，持螯①对菊，赏玩竟日。芸喜曰："他年当与君卜筑②于此。买绕屋菜园十亩，课③仆妪，植瓜蔬，以供薪水。君画我绣，以为诗酒之需。布衣菜饭可乐终身，不必作远游计也。"余深然之。今即得有境地，而知己沦亡，可胜浩叹！

离余家半里许，醋库巷有洞庭君祠，俗呼水仙庙。回廊曲折，小有园亭。每逢神诞，众姓各认一落④，密悬一式之玻璃灯，中设宝座，旁列瓶几，插花陈设，以较胜负。日惟⑤演戏，夜则参差高下插烛于瓶花间，名曰"花照"。花光灯影，宝鼎香浮，若龙宫夜宴。司

---

① 持螯：螯，螃蟹的第一对脚，代指螃蟹。此处泛指下酒的菜。

② 卜筑：选择住处，择邻而居。

③ 课：教导，督促。

④ 各认一落：各找一个角落。

⑤ 惟：通"唯"，只。

事者①或笙箫歌唱，或煮茗清谈，观者如蚁集，檐下皆设栏为限。

余为众友邀去，插花布置，因得躬逢其盛。归家向芸艳称之。芸曰："惜妾非男子，不能往。"

余曰："冠我冠，衣我衣②，亦化女为男之法也。"

于是易髻为辫，添扫蛾眉，加余冠，微露两鬓，尚可掩饰。服余衣长一寸又半，于腰间折而缝之，外加马褂。

芸曰："脚下③将奈何？"

余曰："坊间有蝴蝶履，小大由之，购亦极易，且早晚可代撒鞋④之用，不亦善乎？"芸欣然，及晚餐后，装束既毕，效男子拱手阔步者良久，忽变卦曰："妾不去矣。为人识出既不便，堂上闻之又不可。"余怂恿曰："庙中司事者谁不知我，即识出亦不过付之一笑耳。吾母现在九妹丈家，密去密来，焉得知之。"芸揽

---

① 司事者：主持操办的人。

② 冠我冠，衣我衣：戴我的帽子，穿我的衣服。

③ 脚下：当时女子缠脚，脚小难以掩饰。

④ 撒鞋：把鞋后帮踩在脚后跟下，做拖鞋穿用。

镜自照，狂笑不已。余强挽之，悄然径去。

遍游庙中，无识出为女子者，或问何人，以表弟对，拱手而已。最后至一处，有少妇幼女坐于所设宝座后，乃杨姓司事者之眷属也。芸忽趋彼通款曲①，身一侧，而不觉一按少妇之肩。旁有婢媪怒而起曰："何物狂生，不法乃尔！"

余欲为措词掩饰。芸见势恶，即脱帽翘足示之曰："我亦女子耳。"相与愕然，转怒为欢。留茶点，唤肩舆②送归。

吴江钱师竹病放，吾父信归，命余往吊。芸私谓余曰："吴江必经太湖，妾欲偕往一宽眼界。"

余曰："正虑独行踽踽③，得卿同行固妙，但无可托词耳。"

芸曰，"托言归宁。君先登舟，妾当继至。"

余曰："若然，归途当泊舟万年桥下，与卿待月乘

①　款曲：殷勤问候的心意。
②　肩舆：轿子。
③　踽踽：形容一个人孤零零走路的样子。

凉，以续沧浪韵事。"时六月十八日也。

是日，早凉，携一仆先至胥江渡口，登舟而待。芸果肩舆至。解维出虎啸桥，渐见风帆沙鸟，水天一色。芸曰："此即所谓太湖耶？今得见天地之宽，不虚此生矣！想闺中人有终身不能见此者。"闲话未几，风摇岸柳，已抵江城。

余登岸拜奠毕，归视舟中洞然①，急询舟子。舟子指曰："不见长桥柳荫下，观鱼鹰捕鱼者乎？"

盖芸已与船家女登岸矣。

余至其后，芸犹粉汗盈盈，倚女而出神焉。余拍其肩曰："罗衫汗透矣！"

芸回首曰："恐钱家有人到舟，故暂避之。君何回来之速也？"

余笑曰："欲捕逃耳。"

于是相挽登舟，返棹至万年桥下，阳乌②犹未落

---

① 洞然：空空如也。
② 阳乌：太阳。传说太阳里有一只金色的三足神乌，叫"阳乌"或"金乌"，是太阳精魂的化身。

也。八窗尽落，清风徐来，纨扇罗衫，剖瓜解暑。少焉，霞映桥红，烟笼柳暗，银蟾①欲上，渔火满江矣。命仆至船梢与舟子同饮。

船家女名素云，与余有杯酒交，人颇不俗。招之与芸同坐。船头不张灯火，待月快酌，射覆为令。素云双目闪闪，听良久，曰："觞政②侬颇娴习，从未闻有斯令，愿受教。"

芸即譬其言而开导之，终茫然。

余笑曰："女先生且罢论，我有一言作譬，即了然矣。"

芸曰："君若何譬之？"

余曰："鹤善舞而不能耕，牛善耕而不能舞，物性然也。先生欲反而教之，无乃劳乎？"

素云笑捶余肩曰："汝骂我耶？"

芸出令曰；"只许动口，不许动手。违者罚大觥。"

① 银蟾：指月亮。传说嫦娥偷吃不死药后飞到月宫里，变成了一只蟾蜍，因此称月亮为"蟾宫。"
② 觞政：指在宴会中执行酒令。

素云量豪，满斟一觥，一吸而尽。

余曰："动手但准摸索，不准捶人。"

芸笑挽素云置余怀，曰："请君摸索畅怀。"

余笑曰："卿非解人①，摸索在有意无意间耳。拥而狂探，田舍郎之所为也。"

时四鬟所簪茉莉，为酒气所蒸，杂以粉汗油香，芳馨透鼻。余戏曰："小人臭味充满船头，令人作恶。"

素云不禁握拳连捶曰："谁教汝狂嗅耶？"

芸呼曰："违令，罚两大觥！"

素云曰："彼又以小人骂我，不应捶耶？"

芸曰："彼之所谓小人，盖有故也。请干此，当告汝。"

素云乃连尽两觥，芸乃告以沧浪旧居乘凉事。素云曰："若然，真错怪矣，当再罚。"又干一觥。芸曰："久闻素娘善歌，可一聆妙音否？"

素云即以象箸击小碟而歌。芸欣然畅饮，不觉酩酊，乃乘舆先归。余又与素云茶话片刻，步月而回。

---

① 解人：通达言语或文词意趣的人。

时余寄居友人鲁半舫家萧爽楼中。越数日，鲁夫人误有所闻，私告芸曰："前日闻若①婿挟两妓饮于万年桥舟中，子知之否？"

芸曰："有之，其一即我也。"

因以偕游始末详告之。鲁大笑，释然而去。

乾隆甲寅②七月，余自粤东归。有同伴携妾回者，曰徐秀峰，余之表妹婿也。艳称新人之美，邀芸往观。芸他日谓秀峰曰："美则美矣，韵犹未也。"

秀峰曰："然则若郎纳妾，必美而韵者乎？"

芸口："然。"从此痴心物色，而短于资。

时有浙妓温冷香者，寓于吴，有《咏柳絮》四律，沸传③吴下，好事者多和之。余友吴江张闲酣素赏冷香，携柳絮诗索和。芸微其人而置之。余技痒而和其韵，中有"触我春愁偏婉转，撩他离绪更缠绵"之句，芸甚击节④。

---

① 若：第二人称代词，你，你的。

② 乾隆甲寅：清乾隆五十九年，即公元 1794 年。

③ 沸传：争相传诵。

④ 击节：打拍子，形容对诗文、音乐等的赞赏。

明年乙卯①秋八月五日，吾母将挈芸游虎丘。闲酣忽至，曰："余亦有虎丘之游，今日特邀君作探花使者②。"

因请吾母先行，期③于虎丘半塘相晤，拉余至冷香寓。见冷香已半老；有女名憨园，瓜期未破④，亭亭玉立，真"一泓秋水照人寒"者也。款接间，颇知文墨。有妹文园，尚雏⑤。

余此时初无痴想，且念一杯之叙，非寒士所能酬，而既入个中，私心忐忑，强为酬答。因私谓闲酣曰："余贫士也，子以尤物玩我⑥乎？"

闲酣笑曰："非也。今日有友人邀憨园答我，席主

---

① 乙卯：指清乾隆六十年，即公元 1795 年。

② 探花使者：即探花郎。唐代进士在杏园举行"探花宴"，以二、三位俊秀少年为探花使，遍游名园摘取名花。

③ 期：预定、约定。

④ 瓜期未破：指女子正当妙龄。"瓜"字分开是二个八字，破瓜即二八一十六岁。

⑤ 雏：本指幼鸟，这里指年纪还小。

⑥ 子以尤物玩我乎：您用这漂亮的女子来戏弄我吗？子，旧时对人的尊称。尤物，原指尤异特殊的人物，后引申为美丽女子的代称。

为尊客拉去，我代客转邀客，毋烦他虑也。"余始释然。

至半塘，两舟相遇，令憨园过舟叩见吾母。芸、憨相见，欢同旧识，携手登山，备览名胜。芸独爱千顷云高旷，坐赏良久。返至野芳滨，畅饮甚欢，并舟而泊。及解维，芸谓余曰："子陪张君，留憨陪妾可乎？"余诺之。返棹至都亭桥，始过船分袂①。

归家已三鼓。芸曰："今日得见美丽韵者矣。顷已约憨园，明日过我②，当为子图之。"

余骇曰："此非金屋不能贮，穷措大③岂敢生此妄想哉？况我两人伉俪正笃，何必外求？"芸笑曰："我自爱之，子姑待之。"

明午，憨果至。芸殷勤款接，宴中以猜枚④（赢吟输饮）为令，终席无一罗致语。

---

① 分袂：离别，分手。袂，袖子。

② 过我：来探望我。过，访，探望。

③ 穷措大：贫苦的读书人。

④ 猜枚：酒令的一种，将一些小物件握在手中，猜测其数量或色彩、正反。

及憨园归，芸曰："顷又与密约，十八日来此结为姊妹，子宜备牲牢①以待。"笑指臂上翡翠钏曰："若见此钏属于憨，事必谐矣。顷已吐意，未深结其心也。"余姑听之。

十八日大雨，憨竟冒雨至。入室良久，始挽手出，见余有羞色，盖翡翠钏已在憨臂矣。焚香结盟后，拟再续前饮，适憨有石湖之游，即别去。

芸欣然告余曰："丽人已得，君何以谢媒耶？"

余询其详。芸曰："向之秘言，恐憨意另有所属也。顷探之无他，语之曰：'妹知今日之意否？'憨曰：'蒙夫人抬举，真蓬蒿倚玉树也。但吾母望我奢②，恐难自主耳，愿彼此缓图之。'脱钏上臂时，又语之曰：'玉取其坚，且有团圝③不断之意，妹试笼之以为先兆。'憨曰：'聚合之权，总在夫人也。'即此观之，憨心已得；所难必者冷香耳，当再图之。"

---

① 牲牢：古时指宴享或祭祀用的牛、羊、猪，这里指准备下酒菜。
② 望我奢：对我期望很大。
③ 团圝：本指月圆。这里是说翡翠钏呈圆环形，寓有团圆、团聚的意思。

余笑曰："卿将效笠翁^①之'怜香伴'耶？"

芸曰："然。"

自此无日不谈憨园矣。

后憨为有力者夺去，不果^②。芸竟以之死。

---

① 笠翁：李渔，清初戏曲理论家，作家。字笠鸿，号笠翁。"怜香伴"是
其《笠翁十种曲》之一。

② 不果：没有达到目的。

卷二　闲情记趣

余忆童稚时，能张目对日①，明察秋毫。见藐小微物，必细察其纹理，故时有物外之趣。

夏蚊成雷，私拟作群鹤舞空。心之所向，则或千或百果然鹤也。昂首观之，项为之强。②又留蚊于素帐中，徐喷以烟，使其冲烟飞鸣，作青云白鹤观，果如鹤唳云端，怡然称快。

于土墙凹凸处，花台小草丛杂处，常蹲其身，使与台齐；定神细视，以丛草为林，以虫蚁为兽，以土砾凸者为丘，凹者为壑，神游其中，怡然自得。一日，见二虫斗草间，观之正浓，忽有庞然大物拔山倒树而来，盖一癞蛤蟆也，舌一吐而二虫尽为所吞。余年幼

---

① 张目对日：睁大眼睛对着太阳。

② 项为之强：这里指伸长颈项认真细看。

方出神，不觉呀然惊恐。神定，捉虾蟆，鞭数十，驱之别院。年长思之，二虫之斗，盖图奸^①不从也。古语云："奸近杀"，虫亦然耶？

贪此生涯，卵为蚯蚓所哈（吴俗呼阳曰卵），肿不能便^②。捉鸭开口哈之，婢妪偶释手，鸭颠其颈作吞噬状，惊而大哭，传为话柄。此皆幼时闲情也。

及长，爱花成癖，喜剪盆树。识张兰坡，始精剪枝养节之法，继悟接花叠石之法。

花以兰为最，取其幽香韵致也，而瓣品之稍堪入谱者，不可多得。兰坡临终时，赠余荷瓣素心春兰一盆，皆肩平心阔，茎细瓣净，可以入谱者，余珍如拱璧^③。值余幕游^④于外，芸能亲为灌溉，花叶颇茂。不二年，一旦忽萎死。起根视之，皆白如玉，且兰芽勃然^⑤。初不可解，以为无福消受，浩叹而已。事后始

---

① 图奸：这里指雌雄二虫交配。

② 便：小便。

③ 拱璧：古代天子祭天用的大型玉璧，比喻极其珍爱。

④ 幕游：旧时称出外作幕僚为游幕，也称幕游。

⑤ 勃然：生机、旺盛。

悉，有人欲分不允①，故用滚汤灌杀也。从此誓不植兰。次取杜鹃，虽无香而色可久玩，且易剪裁。以②芸惜枝怜叶，不忍畅剪，故难成树。其他盆玩皆然。

惟每年篱东菊绽，秋兴成癖。喜摘插瓶，不爱盆玩。非盆玩不足观，以家无园圃，不能自植；货③于市者，俱丛杂无致④，故不取耳。其插花朵，数宜单，不宜双。每瓶取一种，不取二色。瓶口取阔大，不取窄小，阔大者舒展不拘。自五七花至三四十花，必于瓶口中一丛怒起，以不散漫、不挤轧、不靠瓶口为妙，所谓"起把宜紧"也。或亭亭玉立，或飞舞横斜。花取参差，间以花架，以免飞钹耍盘⑤之病。叶取不乱，梗取不强。用针宜藏，针长宁断之，毋令针针露梗，所谓"瓶口宜清"也。视桌之大小，一桌三瓶至七瓶

---

① 欲分不允：想买而没有得到同意。
② 以：由于，因为。
③ 货：卖。
④ 丛杂无致：错乱芜杂，没有韵致。
⑤ 飞钹耍盘：钹（铜制的打击乐器）、盘皆形状平圆，常用作杂耍的道具。这里指插花不要像钹、盘一样呈平面分布。

而止，多则眉目不分，即同市井之菊屏矣。几之高低，自三四寸至二尺五六寸而止，必须参差高下，互相照应，以气势联络为上。若中高两低，后高前低，成排对列，又犯俗所谓"锦灰堆"矣。或密或疏，或进或出，全在会心者得画意乃可。

若盆碗盘洗①，用漂青、松香、榆皮面和油，先熬以稻灰收成胶，以铜片按钉向上，将膏火化，粘铜片于盘碗盆洗中。俟冷，将花用铁丝扎把，插于钉上，宜偏斜取势，不可居中；更宜枝疏叶清，不可拥挤。然后加水，用碗沙少许掩铜片，使观者疑丛花生于碗底方妙。

若以木本花果插瓶，剪裁之法（不能色色②自觅，倩人攀折者每不合意），必执在手中，横斜以观其势，反侧以取其态。相定之后，剪去杂枝，以疏瘦古怪为佳。再思其梗如何入瓶，或折或曲，插入瓶口，方免背叶侧花之患。若一枝到手，先拘定其梗之直者插瓶

---

① 洗：古代盥洗时盛水的器皿，其形状似浅盆。
② 色色：每一种花木。

中，势必枝乱梗强，花侧叶背，既难取态，更无韵致矣。折梗打曲之法：锯其梗之半而嵌以砖石。则直者曲矣。如患梗倒，敲一二钉以管之。即枫叶竹枝，乱草荆棘，均堪入选。或绿竹一竿配以枸杞数粒，几茎细草伴以荆棘两枝，苟位置得宜，另有世外之趣。

若新栽花木，不妨歪斜取势，听其叶侧，一年后枝叶自能向上，如树树直栽，即难取势矣。

至剪裁盆树，先取根露鸡爪者，左右剪成三节，然后起枝。一枝一节，七枝到顶，或九枝到顶。枝忌对节如肩臂，节忌臃肿如鹤膝。须盘旋出枝，不可光留左右，以避赤胸露背之病，又不可前后直出。有名"双起""三起"者，一根而起两三树也。如根无爪形，便成插树，故不取。然一树剪成，至少得三四十年。余生平仅见吾乡万翁名彩章者，一生剪成数树。又在扬州商家见有虞山游客携送黄杨翠柏各一盆，惜乎明珠暗投，余未见其可也。若留枝盘如宝塔，扎枝曲如蚯蚓者，便成匠气矣。

点缀盆中花石，小景可以入画，大景可以入神。

一瓯清茗①，神能趋入其中，方可供幽斋之玩。种水仙无灵璧石，余尝以炭之有石意者代之。黄芽菜心，其白如玉，取大小五七枝，用沙土植长方盘内，以炭代石，黑白分明，颇有意思。以此类推，幽趣无穷，难以枚举。如石菖蒲结子，用冷米汤同嚼喷炭上，置阴湿地，能长细菖蒲；随意移养盆碗中，茸茸可爱。以老莲子磨薄两头，入蛋壳使鸡翼之②，俟雏成取出，用久年燕巢泥加天门冬③十分之二，捣烂拌匀，植于小器中，灌以河水，晒以朝阳；花发大如酒杯，叶缩如碗口，亭亭可爱。

若夫园亭楼阁，套室回廊，叠石成山，栽花取势，又在大中见小，小中见大，虚中有实，实中有虚，或藏或露，或浅或深，不仅在周回曲折四字，又不在地广石多徒烦工费。或掘地堆土成山，间以块石，杂以花草，篱用梅编，墙以藤引，则无山而成山矣。大中

---

① 一瓯清茗：一杯清茶。

② 使鸡翼之：让鸡孵化。

③ 天门冬：百合科植物，此指其块茎。

见小者：散漫处植易长之竹，编易茂之梅以屏之。小中见大者：窄院之墙宜凹凸其形，饰以绿色，引以藤蔓，嵌大石，凿字作碑记形。推窗如临石壁，便觉峻峭无穷。虚中有实者：或山穷水尽处，一折而豁然开朗；或轩阁设厨处，一开而通别院。实中有虚者：开门于不通之院，映以竹石，如有实无也；设矮栏干墙头，如上有月台，而实虚也。

贫士屋少人多，当仿吾乡太平船后梢之位置，再加转移其间。台级为床，前后借凑，可作三榻，间以板而裱以纸，则前后上下皆越绝①。譬之如行长路，即不觉其窄矣。余夫妇侨寓扬州时，曾仿此法。屋仅两椽②，上下卧室、厨灶、客座皆越绝，而绰然有余。芸曾笑曰："位置虽精，终非富贵家气象也。"是诚然欤？

余扫墓山中，检有峦纹可观之石。归与芸商曰："用油灰叠宣州石于白石盆，取色匀也。本山黄石虽古朴，亦用油灰，则黄白相间，凿痕毕露，将奈何？"

---

① 越绝：卓绝，超越一般。此指安排布置十分精当得体。

② 椽：房屋间数的代称。

芸曰："择石之顽劣者，捣末于灰痕处，乘湿糁之①，干或色同也。"

乃如其言，用宜兴窑长方盆叠起一峰，偏于左而凸于右，背作横方纹，如云林②石法，巉岩凹凸，若临江石矶砚状。虚一角，用河泥种千瓣白萍。石上植茑萝，俗呼云松。经营数日乃成。至深秋，茑萝蔓延满山，如藤萝之悬石壁。花开正红色，白萍亦透水大放。红白相间，神游其中，如登蓬岛③。置之檐下，与芸品题：此处宜设水阁，此处宜立茅亭，此处宜凿六字曰"落花流水之间"，此可以居，此可以钓，此可以眺。胸中丘壑，若将移居者然。

一夕，猫奴④争食，自檐而堕，连盆与架，顷刻碎之。余叹曰："即此小经营，尚干造物忌耶⑤！"两人

---

① 糁：涂抹。

② 云林：即倪瓒，元代绘画大师，字云林。

③ 蓬岛：蓬莱岛，神话中仙人居住的地方。

④ 猫奴：即猫。

⑤ 尚干造物忌耶：难道也犯了上天的忌讳吗？干，犯，冒犯。造物，古人以为万物天造，故称天为"造物"。

不禁泪落。

静室焚香，闲中雅趣。芸尝以沉速①等香，于饭镬②蒸透，在炉上设一铜丝架，离火半寸许，徐徐烘之，其香幽韵而无烟。佛手忌醉鼻嗅，嗅则易烂。木瓜忌出汗，汗出，用水洗之。惟香圆③无忌。佛手、木瓜亦有供法，不能笔宣。每有人将供妥者随手取嗅，随手置之，即不知供法者也。

余闲居，案头瓶花不绝。芸曰："子之插花，能备风晴雨露，可谓精妙入神；而画中有草虫一法，盍仿而效之？"

余曰："虫踯躅④不受制，焉能仿效？"

芸曰："有一法，恐作俑⑤罪过耳。"

---

① 沉速：即沉香和速香。沉香，常绿乔木，其木有香气馥郁久长；速香，一种香气轻虚的香木。

② 镬：锅。

③ 香圆：常绿小乔木，果实长圆形，黄色，供观赏。

④ 踯躅：这里指跳跃。

⑤ 作俑：即"始作俑者"，比喻第一个做某项坏事的人或恶劣风气的创始人。

余曰："试言之。"

芸曰："虫死色不变。觅螳螂蝉蝶之属，以针刺死，用细丝扣虫项，系花草间，整其足，或抱梗，或踏叶，宛然如生，不亦善乎？"

余喜，如其法行之，见者无不称绝。求之闺中，今恐未必有此会心者矣。

余与芸寄居锡山华氏，时华夫人以两女从芸识字。乡居院旷，夏日逼人。芸教其家作"活花屏"法，甚妙。每屏一扇，用木梢二枝，约长四五寸，作矮条凳式，虚其中，横四挡，宽一尺许，四角凿圆眼，插竹编方眼。屏约高六七尺，用砂盆种扁豆，置屏中，盘延屏上，两人可移动。多编数屏，随意遮拦，恍如绿荫满窗，透风蔽日，迂回曲折，随时可更，故曰"活花屏"。有此一法，即一切藤本香草随地可用。此真乡居之良法也。

友人鲁半舫名璋，字春山，善写松柏或梅菊，工隶书，兼工铁笔①。余寄居其家之萧爽楼一年有半。楼

---

① 兼工铁笔：同时又擅长于刻图章。铁笔，刻图章用的刻刀。

共五椽，东向，余居其三。晦明风雨，可以远眺。庭中有木犀①一株，清香撩人。有廊有厢，地极幽静。移居时，有一仆一妪，并挈其小女来。仆能成衣，妪能纺绩。于是芸绣，妪绩，仆则成衣，以供薪水②。余素爱客，小酌必行令。芸善不费③之烹庖，瓜蔬鱼虾一经芸手，便有意外味。同人知余贫，每出杖头钱④，作竟日叙。余又好洁，地无纤尘，且无拘束，不嫌放纵。

时有杨补凡名昌绪，善人物写真；袁少迂名沛，工山水；王星澜名岩，工花卉翎毛。爱萧爽楼幽雅，皆携画具来，余则从之学画。写草篆，镌图章，加以润笔⑤，交芸备茶酒供客。终日品诗论画而已。更有夏淡安、揖山两昆季⑥，并缪山音、知白两昆季，及蒋韵

---

① 木犀：桂花的统称。

② 薪水：本指打柴汲水，此指生活上的必须费用。

③ 不费：不花钱。

④ 杖头钱：《晋书·阮籍传》记阮籍常把钱挂在手杖头，到酒肆买酒独酌。后称买酒的钱为杖头钱。

⑤ 润笔：为别人作诗文书画所得到的报酬。

⑥ 昆季：兄弟。昆，哥哥。季，幼弟，排行第四或最小。

香、陆橘香、周啸霞、郭小愚、华杏帆、张闲酣诸君
子，如梁上之燕，自去自来。芸则拔钗沽酒，不动声
色，良辰美景，不放轻过。今则天各一方，风流云散，
兼之玉碎香埋①，不堪回首矣！

萧爽楼有四忌：谈官宦升迁，公廨②时事，八股③
时文，看牌掷色④；有犯必罚酒五斤。有四取：慷慨豪
爽，风流蕴藉，落拓不羁，澄静缄默。

长夏无事，考对为会。每会八人，每人各携青蚨⑤
二百。先拈阄，得第一者为主考，关防别座⑥。第二者
为誊录，亦就座。余作举子，各于誊录处取纸一条，

---

① 玉碎香埋：本指年轻貌美的女子去世，这里是指其妻。

② 公廨：官衙公署。廨，古时官署的通称。

③ 八股：即八股文，是我国清代科举考试的一种字数、篇法都有固定格
式的文体。因为题目均出自《论语》《大学》《中庸》《孟子》四部书
之内，又称"四书文"。

④ 掷色：即掷骰子，赌博。

⑤ 青蚨：一种水虫，古时常借指铜钱。

⑥ 关防别座：拿着印章另坐一处。关防，一种长方形的印章。答对时须
用盖有主考印章的纸，以防作弊。

盖用印章。主考出五七言各一句，刻香为限①，行立构思，不准交头私语。对就后投入一匣，方许就座。各人交卷毕，眷录启匣，并录一册，转呈主考，以杜徇私。十六对中取七言三联，五言三联。六联中取第一者即为后任主考，第二者为眷录。每人有两联不取者罚钱二十文，取一联者免罚十文，过限者倍罚。一场，主考得香钱百文。一日可十场，积钱千文，酒资大畅矣。惟芸议为官卷②，准坐而构思。

杨补凡为余夫妇写载花小影，神情确肖。是夜，月色颇佳，兰影上粉墙，别有幽致。

星澜醉后兴发曰："补凡能为君写真，我能为花图影。"

余笑曰："花影能如人影否？"

星澜取素纸铺于墙，即就兰影，用墨浓淡图之。日间取视，虽不成画，而花叶萧疏，自有月下之趣。芸甚宝之。各有题咏。

---

① 刻香为限：在香柱上刻记号以定时间，香燃到刻记号处时间到。
② 官卷：官宦人家的眷属。卷，为"眷"之误。

苏城有南园、北园二处，菜花黄时，苦无酒家小饮；携盒而往，对花冷饮，殊无意味。或议就近觅饮者，或议看花归饮者，终不如对花热饮为快。众议未定，芸笑曰："明日但各出杖头钱，我自担炉火来。"

众笑曰："诺。"

众去，余问曰："卿果自往乎？"

芸曰："非也。妾见市中卖馄饨者，其担锅灶无不备，盍雇之而往？妾先烹调端整，到彼处再一下锅，茶酒两便。"

余曰："酒菜固便矣。茶乏烹具。"

芸曰："携一砂罐去，以铁叉串罐柄，去其锅，悬于行灶中，加柴火煎茶，不亦便乎？"

余鼓掌称善。

街头有鲍姓者，卖馄饨为业。以百钱雇其担，约以明日午后，鲍欣然允议。

明日，看花者至，余告以故，众咸叹服。饭后同往，并带席垫。至南园，择柳荫下团坐。先烹茗，饮毕，然后暖酒烹肴。是时，风和日丽，遍地黄金，青衫红袖，越阡度陌，蝶蜂乱飞，令人不饮自醉。既而酒肴俱熟，坐地大嚼，担者颇不俗，拉与同饮。游人见之，莫不羡为奇想。杯盘狼藉，各已陶然，或坐或卧，或歌或啸。红日将颓①，余思粥，担者即为买米煮之，果腹而归。

芸问曰："今日之游乐乎？"

众曰："非夫人之力不及此。"大笑而散。

贫士起居服食，以及器皿房舍，宜省俭而雅洁。省俭之法曰"就事论事"。余爱小饮，不喜多菜。芸为置一梅花盒，用二寸白磁深碟六只，中置一只，外置五只，用灰漆就，其形如梅花。底盖均起凹楞，盖之上有柄如花蒂，置之案头，如一朵墨梅覆桌；启盖视之，如菜装于瓣中。一盒六色，二三知己可以随意取食，食完再添。另做矮边圆盘一只，以便放杯箸酒壶之类，随处可摆，移掇亦便，即食物省俭之一端也。

余之小帽领袜皆芸自做。衣之破者，移东补西，必整必洁；色取暗淡，以免垢迹，既可出客，又可家常。此又服饰省俭之一端也。

---

① 颓：落，落下。

初至萧爽楼中，嫌其暗，以白纸糊壁，遂亮。夏月，楼下去窗，无栏干，觉空洞无遮拦。芸曰："有旧竹帘在，何不以帘代栏？"

余曰："如何？"

芸曰："用竹数根，黝黑色，一竖一横，留出走路。截半帘搭在横竹上，垂至地，高与桌齐。中竖短竹四根，用麻线扎定。然后于横竹搭帘处，寻旧黑布条，连横竹裹缝之。既可遮拦饰观，又不费钱。"

此"就事论事"之一法也。以此推之，古人所谓"竹头木屑皆有用"，良有以也①。

夏月荷花初开时，晚含而晓放。芸用小纱囊撮茶叶少许，置花心。明早取出，烹天泉②水泡之，香韵尤绝。

---

① 良有以也：确实是有道理的。

② 天泉：雨水、雪水。

卷三　　坎坷记愁

人生坎坷何为乎来哉？往往皆自作孽耳。

余则非也。多情重诺，爽直不羁，转因之为累。况吾父稼夫公，慷慨豪侠，急人之难，成人之事，嫁人之女，抚人之儿，指不胜屈，挥金如土，多为他人。余夫妇居家，偶有需用，不免典质①。始则移东补西，继则左支右绌②。谚云："处家人情，非钱不行。"先起小人之议，渐招同室之讥。"女子无才便是德"③，真千古至言也！

余虽居长而行三，故上下呼芸为"三娘"，后忽呼为"三太太"。始而戏呼，继成习惯，甚至尊卑长幼，

---

① 典质：典当、抵押。

② 左支右绌：指经济拮据，入不敷出。绌，不够，不足。

③ 女子无才便是德：旧时认为女子通文识字可能挑动邪心，做出无耻丑事，不识字反而可以守拙安分，恪守妇道。

62

皆以"三太太"呼之。此家庭之变机欤？

乾隆乙巳①，随侍吾父于海宁官舍。芸于吾家书中附寄小函。吾父曰："媳妇既能笔墨，汝母家信付彼司之。"

后家庭偶有闲言，吾母疑其述事不当，乃不令代笔。吾父见信非芸手笔，询余曰："汝妇病耶？"

余即作札②问之，亦不答。久之，吾父怒曰："想汝妇不屑代笔耳！"

迨余归，探知委曲，欲为婉剖③。芸急止之曰："宁受责于翁，勿失欢于姑也④。"竟不自白⑤。

庚戌⑥之春，余又随侍吾父于邗江⑦幕中。有同事俞孚亭者，挈眷居焉。吾父谓孚亭曰："一生辛苦常在

---

① 乾隆乙巳：清乾隆五十年，即1785年。
② 作札：写信。
③ 婉剖：委婉地分辩。剖：辩明。
④ 翁、姑：公、婆。
⑤ 自白：为自己说明情况。白，说明，辩白。
⑥ 庚戌：清乾隆五十五年，即公元1790年。
⑦ 邗江：县名，在今江苏省。

客中，欲觅一起居服役之人而不可得。儿辈果能仰体亲意，当于家乡觅一人来，庶①语音相合。"

孚亭转述于余，密札致芸，倩媒物色，得姚氏女。芸以成否未定，未即禀知吾母。其来也，托言邻女为嬉游者。及吾父命余接取至署，芸又听旁人意见，托言吾父素所合意者。吾母见之曰："此邻女之嬉游者也，何娶之乎？"芸遂并失爱于姑矣。

壬子②春，余馆真州。吾父病于邗江，余往省③，亦病焉。余弟启堂时亦随侍。芸来书曰："启堂弟曾向邻妇借贷，倩芸作保，现追索甚急。"

余询启堂，启堂转以嫂氏为多事。余遂批纸尾曰："父子皆病，无钱可偿，俟启堂弟归时，自行打算可也。"

未几，病皆愈，余仍往真州。芸复书来，吾父拆视之，中述启弟邻项事，且云："令堂以老人之病，皆

---

① 庶：表示某种希望的连词。

② 壬子：清乾隆五十七年，即 1792 年。

③ 省：探望，问候。

由姚姬而起。翁病稍痊，宜密嘱姚托言思家，妾当令其家父母到扬接取；实彼此卸责之计也。"

吾父见书怒甚。询启堂以邻项事，答言不知。遂札饬①余曰："汝妇背夫借债，谗谤小叔，且称姑曰'令堂'，翁曰'老人'，悖谬之甚！我已专人持札回苏斥逐。汝若稍有人心，亦当知过！"

余接此札，如闻青天霹雳，即肃书认罪。觅骑遄②归，恐芸之短见也。到家述其本末，而家人乃持逐书至，历斥多过，言甚决绝。

芸泣曰："妾固不合③妄言，但阿翁当恕妇女无知耳。"

越数日，吾父又有手谕至，曰："我不为已甚。汝携妇别居，勿使我见，免我生气足矣。"

乃寄芸于外家④。而芸以母亡弟出，不愿往依族中。幸友人鲁半舫闻而怜之，招余夫妇往居其家萧

---

① 札饬：写信训斥。

② 遄：快，迅速。

③ 不合：不应该。

④ 外家：外祖父母家。这里以其儿女身份来说，即指陈芸娘家。

爽楼。

越两载，吾父渐知始末。适余自岭南归，吾父自至萧爽楼，谓芸曰："前事我已尽知，汝盍归乎？"

余夫妇欣然，仍归故宅，骨肉重圆。岂料又有憨园之孽障耶！

芸素有血疾，以其弟克昌出亡不返，母金氏复念子病没，悲伤过甚所致。自识憨园，年余未发，余方幸①其得良药。而憨为有力者夺去，以千金作聘，且许养其母，佳人已属沙叱利②矣！余知之而未敢言也。

及芸往探始知之，归而呜咽，谓余曰："初不料憨之薄情乃尔也！"

余曰："卿自情痴耳。此中人何情之有哉！况锦衣玉食者，未必能安于荆钗布裙也，与其后悔，莫若无成。"

因抚慰之再三。而芸终以受愚为恨，血疾大发。

---

① 幸：庆幸。

② 沙叱利：疑为"沙吒利"之误。唐时番将沙吒利恃势强占韩翊之美姬柳氏，后世即用沙吒利代称那些强占他人妻室或强娶民女的权贵。吒，也写作"叱"。

床席支离，刀圭①无效。时发时止，骨瘦形销。不数年
而逋负②日增，物议日起。老亲又以盟妓一端，憎恶日
甚。余则调停中立，已非生人之境矣。

芸生一女，名青君，时年十四，颇知书，且极贤
能，质钗典服，幸赖辛劳。子名逢森，时年十二，从
师读书。余连年无馆，设一书画铺于家门之内。三日
所进，不敷一日所出，焦劳困苦，竭蹶③时形。隆冬无
裘，挺身而过。青君亦衣单股栗，犹强曰"不寒"。因
是芸誓不医药。

偶能起床，适余有友人周春煦自福郡王幕中归，
倩人绣《心经》④一部。芸念绣经可以消灾降福，且
利其绣价之丰，竟绣焉。而春煦行色匆匆，不能久待，
十日告成。弱者骤劳，致增腰酸头晕之疾。岂知命薄
者，佛亦不能发慈悲也！绣经之后，芸病转增，唤水
索汤，上下厌之。

---

① 刀圭：古时量取药末的器具。此指药物。

② 逋负：拖欠负债。逋，拖欠

③ 竭蹶：资财紧缺，无力维持生计。

④ 《心经》：佛经《般若波罗蜜多心经》的简称。

　　有西人赁屋于画铺之左，放利债为业，时倩余作画，因识之。友人某向渠①借五十金，乞余作保，余以情有难却，允焉。而某竟挟资远遁。西人惟保是问，时来饶舌，初以笔墨为抵，渐至无物可偿。

　　岁底，吾父家居，西人索债，咆哮于门。吾父闻之，召余呵责曰："我辈衣冠之家，何得负此小人之债!"

　　正剖诉间，适芸有自幼同盟姊锡山华氏，知其病，遣人问讯。堂上误以为憨园之使，因愈怒曰："汝妇不守闺训②，结盟娼妓；汝亦不思习上，滥伍小人③。若置汝死地，情有不忍。姑宽三日限，速自为计，迟必首④汝逆矣!"

　　芸闻而泣曰："亲怒如此，皆我罪孽。妾死君行，君必不忍；妾留君去，君必不舍。姑密唤华家人来，

---

①　渠：他。

②　闺训：旧时妇女所应遵守的道德规范。

③　滥伍小人：不加节制地与德行浅薄的人在一起。滥，过度，无节制。伍，同伙的人。

④　首：出面告发。

我强起问之。"

因令青君扶至房外，呼华使问曰："汝主母特遣来耶？抑便道来耶？"

曰："主母久闻夫人卧病，本欲亲来探望。因从未登门，不敢造次。临行嘱咐，倘夫人不嫌乡居简亵①，不妨到乡调养，践②幼时灯下之言。"

盖芸与同绣日，曾有疾病相扶之誓也。因嘱之曰："烦汝速归，禀知主母，于两日后放舟密来。"

其人既退，谓余曰："华家盟姊情逾骨肉，君若肯至其家，不妨同行；但儿女携之同往既不便，留之累亲又不可，必于两日内安顿之。"

时余有表兄王荩臣一子名韫石，愿得青君为媳妇。芸曰："闻王郎懦弱无能，不过守成之子，而王又无成可守；幸诗礼之家，且又独子，许之可也。"

余谓荩臣曰："吾父与君有渭阳之谊③，欲媳青君，

---

① 简亵：因简陋而使人感觉受到了轻漫、委曲。

② 践：履行，实现。

③ 渭阳之谊：指甥舅之间的情谊。

谅无不允。但待长而嫁，势所不能。余夫妇往锡山后，君即禀知堂上，先为童媳，何如?"芝臣喜曰:"谨如命。"

逢森亦托友人夏揖山转荐学贸易。

安顿已定，华舟适至，时庚申之腊①廿五日也。

芸曰:"孑然出门，不惟招邻里笑，且西人之项无着，恐亦不放，必于明日五鼓悄然而去。"

余曰:"卿病中能冒晓寒耶?"

芸曰:"死生有命，无多虑也。"

密禀吾父，亦以为然。

是夜，先将半肩行李挑下船，令逢森先卧。青君泣于母侧。芸嘱曰:"汝母命苦，兼亦情痴，故遭此颠沛②。幸汝父待我厚，此去可无他虑。两三年内，必当布置重圆。汝至汝家，须尽妇道，勿似汝母。汝之翁姑以得汝为幸，必善视汝。所留箱笼什物，尽付汝带去。汝弟年幼，故未令知，临行时托言就医，数日即

---

① 庚申之腊:指清嘉庆五年腊月，即公元 1800 年阴历十二月。

② 颠沛:受到挫折而穷困潦倒。

归。俟我去远，告知其故，禀闻祖父可也。"

旁有旧妪，即前卷中曾赁其家消暑者，愿送至乡，故是时陪傍在侧，拭泪不已。

将交五鼓，暖粥共啜之。芸强颜笑曰："昔一粥而聚，今一粥而散；若作传奇①，可名《吃粥记》矣。"

逢森闻声亦起，呻曰②："母何为?"

芸曰："将出门就医耳。"

逢森曰："起何早?"

曰："路远耳。汝与姊相安在家，毋讨祖母嫌。我与汝父同往，数日即归。"

鸡声三唱，芸含泪扶妪，启后门将出，逢森忽大哭，曰："噫，我母不归矣!"

青君恐惊人，急掩其口而慰之。当是时，余两人寸肠已断，不能复作一语，但止以"勿哭"而已。

青君闭门后，芸出巷十数步，已疲不能行。使妪提灯，余背负之而行。将至舟次，几为逻者所执，幸

---

① 传奇：小说。唐宋时称用文言写成的短篇小说为传奇。

② 呻曰：含糊不清地说。

老妪认芸为病女，余为婿，且得舟子（皆华氏工人）闻声接应，相扶下船。

解维后，芸始放声痛哭。是行也，其母子已成永诀矣！

华名大成，居无锡之东高山，面山而居，躬耕为业，人极朴诚。其妻夏氏，即芸之盟姊也。是日午未之交①，始抵其家。华夫人已倚门而侍，率两小女至舟，相见甚欢。扶芸登岸，款待殷勤。四邻妇人孺子哄然入室，将芸环视，有相问讯者，有相怜惜者，交头接耳，满室啾啾。芸谓华夫人曰："今日真如渔父入桃源②矣。"

华曰："妹莫笑，乡人少所见多所怪耳。"

自此相安度岁。

至元宵，仅隔两旬，而芸渐能起步。是夜，观龙灯于打麦场中，神情态度渐可复元。余乃心安，与之

---

① 午未之交：午时与未时交替时，即下午3时。

② 渔父入桃源：东晋陶渊明《桃花源记》，写一位打渔人无意中进入与世隔绝的桃花源。

私议曰："我居此非计，欲他适，而短于资，奈何？"

芸曰："妾亦筹①之矣。君姊丈范惠来现于靖江盐公堂司会计，十年前曾借君十金，适数不敷，妾典钗凑之。君忆之耶？"

余曰："忘之矣。"

芸曰："闻靖江去此不远，君盍一往？"余如其言。

时天颇暖，织绒袍哔叽短褂，犹觉其热。此辛酉②正月十六日也。是夜，宿锡山客旅，赁被而卧。晨起，乘江阴航船，一路逆风，继以微雨。夜至江阴江口，春寒彻骨，沽酒御寒，囊为之罄。踌躇终夜，拟卸衬衣，质钱而渡。

十九日，北风更烈，雪势犹浓，不禁惨然泪落。暗计房资渡费，不敢再饮。正心寒股栗间，忽见一老翁草鞋毡笠，负黄包入店，以目视余，似相识者。

余曰："翁非泰州曹姓耶？"

答曰："然。我非公，死填沟壑矣！今小女无恙，

---

① 筹：筹划。

② 辛酉：指清嘉庆六年，即公元 1801 年。

时诵公德。不意今日相逢，何逗留于此？"

盖余幕泰州时，有曹姓，本微贱，一女有姿色，已许婿家，有势力者放债谋其女，致涉讼①。余从中调护，仍归所许。曹即投入公门为隶，叩首作谢，故识之。余告以投亲遇雪之由。曹曰："明日天晴，我当顺途相送。"出钱沽酒，备极款洽。

廿日，晓钟初动，即闻江口唤渡声。余惊起，呼曹同济。

曹曰："勿急。宜饱食登舟。"

乃代偿房饭钱，拉余出沽。余以连日逗留，急欲赶渡，食不下咽，强啖麻饼两枚。及登舟，江风如箭，四肢发战。曹曰："闻江阴有人缢于靖，其妻雇是舟而往，必俟雇者来始渡耳。"

枵腹②忍寒，午始解缆。至靖，暮烟四合矣。曹曰："靖有公堂两处，所访者城内耶？城外耶？"余踉跄随其后，且行且对曰："实不知其内外也。"

---

① 涉讼：牵涉到诉讼，即打官司。

② 枵腹：饿着肚子。枵，空虚。

曹曰："然则且止宿，明日往访耳。"

进旅店，鞋袜已为泥淤湿透，索火烘之。草草饮食，疲极酣睡。晨起，袜烧其半，曹又代偿房饭钱。

访至城中，惠来尚未起，闻余至，披衣出，见余状，惊曰："舅何狼狈至此？"余曰："姑勿问。有银乞借二金，先遣送我者。"

惠来以番饼①二圆授余，即以赠曹。曹力却，受一圆而去。余乃历述所遭，并言来意。

惠来曰："郎舅至戚，即无宿逋②，亦应竭尽绵力。无如航海盐船新被盗，正当盘账之时，不能挪移丰赠。当勉措番银二十圆，以偿旧欠，何如？"

余本无奢望，遂诺之。留住两日，天已晴暖，即作归计。

廿五日，仍回华宅。芸曰："君遇雪乎？"

余告以所苦。因惨然曰："雪时，妾以君为抵靖，乃尚逗留江口。幸遇曹老，绝处逢生，亦可谓吉人天

---

① 番饼：旧时对进入中国的外国银圆的俗称。
② 宿逋：积欠，旧账。

相矣。"

越数日，得青君信，知逢森已为揖山荐引入店。芝臣请命于吾父，择正月廿四日将伊接去。儿女之事粗能了了，但分离至此，令人终觉惨伤耳。

二月初，日暖风和，以靖江之项，薄备行装，访故人胡肯堂于邗江盐署。有贡局①众司事②公延③入局，代司笔墨，身心稍定。

至明年壬戌④八月，接芸书曰："病体全瘳⑤。惟寄食于非亲非友之家，终觉非久长之策。愿亦来邗，一睹平山之胜。"

余乃赁屋于邗江先春门外，临河两椽，自至华氏，接芸同行。华夫人赠一小傒奴⑥曰阿双，帮司炊爨⑦，

---

① 贡局：主管盐务的机关。

② 司事：旧指管理事务或账目的办事员。

③ 延：请。

④ 壬戌：指清嘉庆七年，即公元1802年。

⑤ 瘳：病愈。

⑥ 傒奴：旧指书童，此指小丫鬟。

⑦ 帮司炊爨：帮忙煮饭的厨房杂事。爨，烧火煮饭。

并订他年结邻之约。

时已十月，平山凄冷，期以春游。满望散心调摄，徐图骨肉重圆。不满月，而贡局司事忽裁十有五人，余系友中之友，遂亦散闲①。

芸始犹百计代余筹划，强颜慰藉，未尝稍涉怨尤。至癸亥仲春②，血疾大发。余欲再至靖江，作"将伯"③之呼，芸曰："求亲不如求友。"

余曰："此言虽是。奈友虽关切，现皆闲处，自顾不遑④。"

芸曰："幸天时已暖，前途可无阻雪之虑。愿君速去速回，勿以病人为念。君或体有不安，妾罪更重矣。"

时已薪水不继，余佯为雇骡以安其心，实则囊饼徒步，且食且行。向东南，两渡叉河，约八九十里，四望无村落。至更许，但见黄沙漠漠，明星闪闪，得

---

① 散闲：被裁减而失去了工作。

② 癸亥仲春：指清嘉庆八年二月，即公元 1803 年春 2 月。

③ 将伯：请求别人帮助。将，请；伯，对男子敬称。

④ 自顾不遑：连自己也顾不过来。

一土地祠，高约五尺许，环以短墙，植以双柏。因向神叩首，祝曰："苏州沈某投亲失路至此，欲假神祠一宿，幸神怜佑。"

于是移小石香炉于旁，以身探之，仅容半体，以风帽反戴掩面，坐半身于中，出膝于外，闭目静听，微风萧萧而已。足疲神倦，昏然睡去。

及醒，东方已白，短墙外忽有步语声。急出探视，盖土人赶集经此也。问以途，曰："南行十里即泰兴县城，穿城向东南，十里一土墩，过八墩即靖江，皆康庄①也。"

余乃返身，移炉于原位，叩首作谢而行。过泰兴，即有小车可附。申刻抵靖，投刺②焉。良久，司阍者③曰："范爷因公往常州去矣。"

察其辞色，似有推托。余诘之曰："何日可归?"

曰："不知也。"

---

① 康庄：宽阔平坦、四通八达的道路。

② 投刺：递上名片。刺，古时名帖。

③ 司阍者：门卫，守城门的人。

余曰："虽一年，亦将待之。"

阍者会余意，私问曰："公与范爷嫡郎舅耶？"

余曰："苟非嫡者，不待其归矣。"

阍者曰："公姑待之。"

越三日，乃以回靖告，共挪二十五金。雇骡急返。

芸正形容惨变，咻咻涕泣。见余归，卒然①曰："君知昨午阿双卷逃乎？倩人大索，今犹不得。失物小事，人系伊母②临行再三交托。今若逃归，中有大江之阻，已觉堪虞。倘其父母匿子图诈，将奈之何？且有何颜见我盟姊？"

余曰："请勿急，卿虑过深矣。匿子图诈，诈其富有也；我夫妇两肩担一口耳。况携来半载，授衣分食，从未稍加扑责，邻里咸知。此实小奴丧良，乘危窃逃。华家盟姊赠以匪人，彼无颜见卿，卿何反谓无颜见彼耶？今当一面呈县立案，以杜后患可也。"

芸闻余言，意似稍释；然自此梦中呓语，时呼

---

① 卒然：突然。卒，通"猝"。

② 伊母：她的母亲，此指旧时主人华氏。伊，她。

"阿双逃矣!"或呼"憨何负我!"病势日以增矣。

余欲延医诊治。芸阻曰:"妾病始因弟亡母丧,悲痛过甚;继为情感,后由忿激。而平素又多过虑,满望努力做一好媳妇,而不能得,以至头眩怔忡①,诸症毕备。所谓病入膏肓,良医束手,请勿为无益之费。忆妾唱随②二十三年,蒙君错爱,百凡体恤,不以顽劣见弃。知己如君,得婿如此,妾已此生无憾。若布衣暖,菜饭饱,一室雍雍③,优游泉石,如沧浪亭、萧爽楼之处境,真成烟火神仙矣。神仙几世才能修到,我辈何人,敢望神仙耶?强而求之,致干造物之忌,即有情魔之扰。总因君太多情,妾生薄命耳!"

因又呜咽而言曰:"人生百年,终归一死。今中道相离,忽焉长别,不能终奉箕帚④,目睹逢森娶妇,此心实觉耿耿。"言已,泪落如豆。

---

① 怔忡:中医称之为心悸。

② 唱随:即夫唱妇随,常指夫妻和睦相处。

③ 一室雍雍:一家人和睦亲近。雍雍,和谐的样子。

④ 奉箕帚:即服侍之意。箕、帚都是妇女家庭劳动的常用器具。

余勉强慰之曰："卿病八年，恹恹①欲绝者屡矣。今何忽作断肠语耶？"

芸曰："连日梦我父母放舟来接，闭目即飘然上下，如行云雾中。殆②魂离而躯壳存乎？"

余曰："此神不收舍。服以补剂，静心调养，自能安痊。"

芸又唏歔曰："妾若稍有生机一线，断不敢惊君听闻。今冥路已近，苟再不言，言无日矣。君之不得亲心，流离颠沛，皆由妾故。妾死则亲心自可挽回，君亦可免牵挂。堂上春秋高矣，妾死，君宜早归。如无力携妾骸骨归，不妨暂厝③于此，待君将来可耳。愿君另续德容兼备者，以奉双亲，抚我遗子，妾亦瞑目矣。"

言至此，痛肠欲裂，不觉惨然大恸。

余曰："卿果中道相舍，断无再续之理。况'曾经

---

① 恹恹：有病的样子。恹，病态。

② 殆：大概，恐怕。

③ 暂厝：暂时就地埋葬，等以后再正式安葬。

沧海难为水，除却巫山不是云'①耳。"

芸乃执余手而更欲有言，仅断续叠言"来世"二字。忽发喘，口噤，两目瞪视，千呼万唤，已不能言。痛泪两行，涔涔流溢。既而喘渐微，泪渐干，一灵缥缈，竟尔长逝！

时嘉庆癸亥②三月三十日也。当是时，孤灯一盏，举目无亲，两手空拳，寸心欲碎。绵绵此恨，曷其有极③！

承吾友胡肯堂以十金为助，余尽室中所有，变卖一空，亲为成殓。

呜呼！芸一女流，具男子之襟怀才识。归吾门后，余日奔走衣食，中馈缺乏，芸能纤悉不介意。及余家居，惟以文字相辨析而已。卒之疾病颠连，赍恨④以没，谁致之耶？余有负闺中良友，又何可胜道哉⑤！

---

① 见唐代诗人元稹《离思五首》之四。

② 嘉庆癸亥：清嘉庆八年，即公元1803年。

③ 曷其有极：什么时候才有尽头！曷，何时。极，尽头。

④ 赍恨：怀恨。赍，怀着。

⑤ 又何可胜道哉：又怎么能说得完呢！

奉劝世间夫妇，固不可彼此相仇，亦不可过于情笃。话云"恩爱夫妻不到头"。如余者，可作前车之鉴也。

回煞①之期，俗传是日魂必随煞而归。故居中铺设一如生前，且须铺生前旧衣于床上，置旧鞋于床下，以待魂归瞻顾。吴下相传谓之"收眼光"。延羽士②作法，先召于床而后遣之，谓之"接眚"。邗江俗例：设酒肴于死者之室，一家尽出，谓之"避眚"。以故有因避被窃者。

芸娘眚期，房东因同居而出避，邻家嘱余亦设肴远避。余冀③魄归一见，姑漫应之。同乡张禹门谏余曰："因邪入邪，宜信其有。勿尝试也。"

余曰："所以不避而待之者，正信其有也。"

张曰："回煞犯煞，不利生人。夫人即或魂归，业已阴阳有间，窃恐欲见者无形可接，应避者反犯其锋耳。"

---

① 回煞：迷信认为人死以后，灵魂由眚神引导要回到生前所住的地方。由阴阳先生算定回来的时间，这天称"回煞"，也称"接眚"。

② 羽士：道士。

③ 冀：希望。

时余痴心不昧，强对曰："死生有命。君果关切，伴我何如？"

张曰："我当于门外守之。君有异见，一呼即入可也。"

余乃张灯入室，见铺设宛然，而音容已杳，不禁心伤泪涌。又恐泪眼模糊，失所欲见，忍泪睁目，坐床而待。抚其所遗旧服，香泽犹存，不觉柔肠寸断，冥然昏去。转念待魂而来，何遽睡耶？开目四现，见席上双烛青焰荧荧，光缩如豆，毛骨悚然，通体寒栗。因摩两手擦额，细瞩之，双焰渐起，高至尺许，纸裱顶格，几被所焚。余正得藉光四顾间，光忽又缩如前。此时心春股栗，欲呼守者进观；而转念，柔魂弱魄，恐为盛阳所逼。悄呼芸名而祝之，满室寂然，一无所见。既而烛焰复明，不复腾起矣。

出告禹门，服余胆壮，不知余实一时情痴耳。

芸没后，忆和靖"妻梅子鹤"① 语，自号梅逸。

---

① 北宋诗人林逋，字君复，卒后谥和靖先生。隐居西湖孤山，终身不仕，也不婚娶，种梅养鹤以自娱，世称其"妻梅子鹤。"

权葬芸于扬州西门外之金桂山，俗呼郝家宝塔。买一棺之地，从遗言寄于此。携木主①还乡，吾母亦为悲悼。青君、逢森归来，痛哭成服②。启堂进言曰："严君怒犹未息，兄宜仍往扬州。俟严君归里，婉言劝解，再当专札相招。"

余遂拜母别子女，痛哭一场。复至扬州，卖画度日。因得常哭于芸娘之墓，影单形只，备极凄凉。且偶经故居，伤心惨目。

重阳日，邻冢皆黄，芸墓独青。守坟者曰："此好穴场，故地气旺也。"

余暗祝曰："秋风已紧，身尚衣单。卿若有灵，佑我图得一馆，度此残年，以持家乡信息。"

未几，江都幕客章驭庵先生欲回浙江葬亲，倩余代庖③三月，得备御寒之具。

---

① 木主：刻写着亡者姓名的牌位，又叫神主。古时为君主、诸侯专用，后世民间也立木主以祭祀死者。
② 成服：死者入殓后，亲属穿着符合自己身份的丧服。
③ 代庖：代治庖厨，比喻替代别人做事。庖，厨师。

封篆①出署，张禹门招寓其家。张亦失馆，度岁艰难，商于余；即以余赀二十金倾囊借之，且告曰："此本留为亡荆②扶柩之费，一俟得有乡音，偿我可也。"

是年，即寓张度岁。晨占夕卜，乡音殊杳。

至甲子③三月接青君信，知吾父有病，即欲归苏，又恐触旧忿。正趑趄④观望间，复接青君信，始痛悉吾父业已辞世。刺骨痛心，呼天莫及。无暇他计，即星夜驰归，触首灵前，哀号流血。呜呼！吾父一生辛苦，奔走于外。生余不肖，既少承欢膝下，又未侍药床前，不孝之罪，何可逭⑤哉！

吾母见余哭，曰："汝何此日始归耶？"

余曰："儿之归，幸得青君孙女信也。"

吾母目余弟妇，遂默然。

---

① 篆：旧时图章多用篆文，故常用作官印的代称。

② 亡荆：死去的妻子。

③ 甲子：指清嘉庆九年，即公元 1804 年。

④ 趑趄：犹豫不进。

⑤ 逭：逃避。

余入幕守灵，至七①终，无一人以家事告，以丧事商者。余自问人子之道已缺，故亦无颜询问。

一日，忽有向余索逋者，登门饶舌。余出应曰，"欠债不还，固应催索。然吾父骨肉未寒，乘凶追呼，未免太甚。"

中有一人私谓余曰："我等皆有人招之使来。公且避出，当向招我者索偿也。"

余曰："我欠我偿，公等速退！"皆唯唯而去。

余因呼启堂谕之曰："兄虽不肖，并未作恶不端。若言出嗣降服②，从未得过纤毫嗣产。此次奔丧归来，本人子之道，岂为产争故耶？大丈夫贵乎自立，我既一身归，仍以一身去耳！"言已，返身入幕，不觉大恸。

叩辞吾母，走告青君，行将出走深山，求赤松子③

---

① 至七：满了七期。古时民间从人死之日起，每七天一祭，共七祭，七七四十九天。

② 出嗣降服：过继为别人的子嗣。

③ 赤松子：中国古代神话中的仙人。相传为神农时的雨师，后为道教所信奉。

于世外矣。青君正劝阻间，友人夏南薰字淡安、夏逢泰字揖山两昆季，寻踪而至，抗声谏余曰："家庭若此，固堪动忿。但足下父死而母尚存，妻丧而子未立，乃竟飘然出世，于心安乎。"

余曰："然则如之何？"

淡安曰："奉屈暂居寒舍。闻石琢堂殿撰①有告假回籍之信，盍俟其归而往谒之？其必有以位置君也。"

余曰："凶丧未满百日，兄等有老亲在堂，恐多未便。"②

揖山曰："愚兄弟之相邀，亦家君意也。足下如执以为不便，西邻有禅寺，方丈僧与余交最善。足下设榻于寺中，何如？"余诺之。

青君曰："祖父所遗房产，不下三四千金。既已分毫不取，岂自己行囊亦舍去耶？我往取之，径送禅寺父亲处可也。"

---

① 殿撰：宋代有集贤殿修撰等官职，简称殿撰。明清科举制度，常授进士一甲第一名（即状元）为翰林院修撰，所以沿称状元为殿撰。

② 旧时迷信，认为父母丧事不满百日，子女到别人家会对对方老人不利。

因是于行囊之外，转得吾父所遗图书、砚台、笔筒数件。

寺僧安置余于大悲阁。阁南向，向东设神像。隔西首一间，设月窗，紧对佛龛，本为作佛事者斋食之地，余即设榻其中。临门有关圣①提刀立像，极威武。院中有银杏一株，大三抱，荫覆满阁，夜静风声如吼。

揖山常携酒果来对酌，曰："足下一人独处，夜深不寐，得无畏怖耶？"

余曰："仆②一生坦直，胸无秽念，何怖之有？"

居未几，大雨倾盆，连宵达旦三十余天。时虑银杏折枝，压梁倾屋，赖神默佑，竟得无恙。寺外之墙坍屋倒者不可胜计，近处田禾俱被漂没。余则日与僧人作画，不见不闻。

七月初，天始霁，揖山尊人③号莼芗有交易赴崇明，偕余往，代笔书券得二十金。归，值吾父将安葬，

---

① 关圣：即三国时蜀国大将关羽，后被神化，尊为关帝，也称"关圣"。

② 仆：古代男子自称。

③ 尊人：好朋友。尊，旧时称呼对方的敬词。

启堂命逢森向余曰："叔因葬事乏用，欲助一二十金。"余拟倾囊与之，揖山不允，分帮其半。余即携青君先至墓所。葬既毕，仍返大悲阁。九月杪①，揖山有田在东海永泰沙，又偕余往收其息。盘桓两月，归已残冬，移寓其家雪鸿草堂度岁，真异姓骨肉也。

乙丑②七月，琢堂始自都门回籍。琢堂名韫玉，字执如，琢堂其号也，与余为总角③交。乾隆庚戌殿元④，出为四川重庆守⑤。白莲教⑥之乱，三年戎马，极著劳绩。及归，相见甚欢。

旋于重九日，挈眷重赴四川重庆之任，邀余同往。余即叩别吾母于九妹倩⑦陆尚吾家，盖先君故居已属他人矣。吾母嘱曰"汝弟不足恃，汝行须努力。重振家

---

① 杪：树枝的末梢，后引申为年月季节的末尾。

② 乙丑：指清嘉庆十年，即公元 1805 年。

③ 总角：古代未成年人把头发扎成髻，叫作总角，借指幼年。

④ 殿元：状元的别称，因其为殿试一甲第一名而得名。

⑤ 守：郡守、太守。明清则专指知府。

⑥ 白莲教：元明清时代在民间流行的秘密教派，因依托佛教白莲宗而得名，常常借白莲教名义起义。

⑦ 倩：旧时称女婿为倩。

声，全望汝也！"逢森送余至半途，忽泪落不已，因嘱
勿送而返。

舟出京口，琢堂有旧交王惕夫孝廉①在淮扬盐署，
绕道往晤，余与偕往，又得一顾芸娘之墓。返舟由长
江溯流而上，一路游览名胜。

至湖北之荆州，得升潼关观察之信，遂留余与其
嗣君②敦夫眷属等，暂寓荆州。琢堂轻骑减从至重庆度
岁，遂由成都历栈道之任。丙寅③二月，川眷始由水路
往，至樊城登陆，途长费短，车重人多，毙马折轮，
备尝辛苦。

抵潼关甫三月，琢堂又升山左④廉访。清风两袖，
眷属不能偕行，暂借潼川书院作寓。

十月杪，始支山左廉俸，专人接眷；附有青君之
书，骇悉逢森于四月间夭亡。始忆前之送余堕泪者，

---

① 孝廉：本是汉代选拔官吏的科目之一，明清时称举人（乡试考中者）
　　为孝廉。
② 嗣君：尊称别人的儿子
③ 丙寅：指清嘉庆十一年，即公元 1806 年。
④ 山左：山东省。

盖父子永诀也。呜呼！芸仅一子，不得延其嗣续耶！琢堂闻之，亦为之浩叹，赠余一妾，重入春梦。从此扰扰攘攘，又不知梦醒何时耳。

卷四　　浪游记快

　　余游幕①三十年来，天下所未到者，蜀中、黔中与滇南耳。惜乎轮蹄征逐，处处随人；山水怡情，云烟过眼，不过领略其大概，不能探僻寻幽也。余凡事喜独出己见，不屑随人是非，即论诗品画，莫不存人珍我弃、人弃我取之意；故名胜所在贵乎心得，有名胜而不觉其佳者，有非名胜而自以为妙者。聊以平生所历者记之。

　　余年十五时，吾父稼夫公馆于山阴②赵明府幕中。有赵省斋先生名传者，杭之宿儒③也，赵明府延教其子，吾父命余亦拜投门下。暇日出游，得至吼山，离城约十余里，不通陆路。近山见一石洞，上有片石，

---

① 游幕：出外做幕僚，为地方军政长官做文书一类工作。

② 山阴：旧县名，因处于会稽之山阴（北）而得名，在今浙江绍兴。

③ 宿儒：老成博学，素有声望的读书人，也称"夙儒"。

横裂欲堕,即从其下荡舟入。豁然空其中,四面皆峭壁,俗名之曰"水园"。临流建石阁五椽,对面石壁有"观鱼跃"三字。水深不测,相传有巨鳞①潜伏。余投饵试之,仅见不盈尺者出而唼②食焉。阁后有道通旱园,拳石乱矗,有横阔如掌者,有柱石平其顶而上加大石者,凿痕犹在,一无可取。游览既毕,宴于水阁。命从者放爆竹,轰然一响,万山齐应,如闻霹雳声。此幼时快游之始。惜乎兰亭③、禹陵④未能一到,至今以为憾。

　至山阴之明年,先生以亲老不远游,设帐于家。余遂从至杭,西湖之胜因得畅游。结构之妙,余以龙井为最,小有天园次之。石取天竺之飞来峰,城隍山之瑞石古洞。水取玉泉,以水清多鱼,有活泼趣也。

---

① 巨鳞:大鱼。此处以鳞代鱼。

② 唼:鱼吃东西时发出的声音。

③ 兰亭:在今浙江省绍兴西南。东晋著名书法家王羲之所作《兰亭序》曾记叙兰亭周围山水之状。

④ 禹陵:在浙江绍兴县城稽山门外,相传为夏禹王的陵墓,陵旁有禹王庙。

大约至①不堪者，葛岭之玛瑙寺。其余湖心亭、六一泉诸景，各有妙处，不能尽述；然皆不脱脂粉气，反不如小静室之幽僻，雅近天然。

　　苏小②墓在西泠桥侧，土人指示，初仅半丘黄土而已。乾隆庚子，③圣驾南巡，曾一询及。甲辰④春，复举南巡盛典，则苏小墓已石筑其坟，作八角形，上立一碑，大书曰："钱塘苏小小之墓。"从此吊古骚人⑤，不须徘徊探访矣。余思古来烈魄贞魂埋没⑥不传者，固不可胜数，即传而不久者亦不为少；小小一名妓耳，自南齐至今，尽人而知之，此殆灵气所钟，为湖山点缀耶？

　　桥北数武有崇文书院，余曾与同学赵缉之投考其

---

① 至：最。
② 苏小：又称苏小小，六朝时期南齐钱塘著名歌伎。其墓址一说在杭州，一说在嘉兴。
③ 乾隆庚子：清乾隆四十五年，即公元 1780 年。
④ 甲辰：指清乾隆四十九年，即公元 1784 年。
⑤ 骚人：诗人，此处泛指文人墨客。
⑥ 埋没：埋没。

中。时值长夏，起极早，出钱塘门，过昭庆寺，上断桥，坐石栏上。旭日将升，朝霞映于柳外，尽态极妍①。白莲香裹，清风徐来，令人心骨皆清。步至书院，题犹未出也。午后缴卷。偕缉之纳凉于紫云洞，大可容数十人，石窍上透日光，有人设短几矮凳，卖酒于此。解衣小酌，尝鹿脯甚妙，佐以鲜菱雪藕。微醺，出洞。缉之曰："上有朝阳台，颇高旷，盍往一游？"

余亦兴发，奋勇登其巅，觉西湖如镜，杭城如丸，钱塘江如带，极目可数百里，此生平第一大观也。坐良久，阳乌将落，相携下山，南屏晚钟动矣。

韬光、云栖，路远未到。其红门局之梅花，姑姑庙之铁树，不过尔尔。紫阳洞余以为必可观，而访寻得之，洞口仅容一指，涓涓流水而已。相传中有洞天，恨不能抉②门而入。

清明日，先生春祭扫墓，挈余同游。墓在东岳。

---

① 尽态极妍：本指姿态和容貌都极其美丽，这里指自然景色美而迷人。

② 抉：挑出，挖出。引申为撬开。

是乡多竹，坟丁掘未出土之毛笋，形如梨而尖，作羹供客。余甘之，尽其两碗。

先生曰："噫，是虽味美而克心血，宜多食肉以解之。"

余素不贪屠门之嚼①，至是饭量且因笋而减。归途觉烦躁，唇舌几裂。

过石屋洞，不甚可观。水乐洞峭壁多藤萝，入洞如斗室，有泉流甚急，其声琅琅。池广仅三尺，深五寸许，不溢亦不竭。余俯流就饮，烦躁顿解。洞外二小亭，坐其中可听泉声。衲子②请观万年缸。缸在香积厨，形甚巨，以竹引泉灌其内，听其满溢，年久结苔厚尺许，冬日不冰，故不损也。

辛丑③秋八月，吾父病疟④返里。寒索火，热索冰，余谏不听，竟转伤寒，病势日重。余侍奉汤药，昼夜不交睫者几一月。吾妇芸娘亦大病，恹恹在床。心境

---

① 即不喜欢多吃腥荤。

② 衲子：僧徒。

③ 辛丑：指清乾隆四十六年，即公元 1781 年。

④ 病疟：得了疟疾病。

恶劣，莫可名状。吾父呼余嘱之曰："我病恐不起，汝守数本书，终非餬口计。我托汝于盟弟蒋思斋，仍继吾业可耳。"

越日思斋来，即于榻前命拜为师。未几，得名医徐观莲先生诊治，父病渐痊；芸亦得徐力起床。而余则从此习幕矣。此非快事，何记于此？曰：此抛书浪游之始，故记之。

思斋先生名襄。是年冬，即相随习幕①于奉贤官舍。有同习幕者，顾姓名金鉴，字鸿干，号紫霞，亦苏州人也，为人慷慨刚毅，直谅不阿②。长余一岁，呼之为兄。鸿干即毅然呼余为弟，倾心相交。此余第一知己交也。惜以二十二岁卒，余即落落寡交。今年且四十有六矣，茫茫沧海，不知此生再遇知己如鸿干者否？

忆与鸿干订交，襟怀高旷，时兴③山居之想。

---

① 习幕：学习做幕僚。

② 直谅不阿：为人正直，不巴结逢迎。

③ 兴：起，产生。

重九日，余与鸿干俱在苏。有前辈王小侠与吾父稼夫公唤女伶演剧，宴客吾家。余患其扰，先一日约鸿干赴寒山登高，藉访他日结庐之地。芸为整理小酒榼①。

越日天将晓，鸿干已登门相邀，遂携榼出胥门，入面肆，各饱食。渡胥江，步至横塘枣市桥，雇一叶扁舟，到山日犹未午。舟子颇循良，令其籴米煮饭。余两人上岸，先至中峰寺。寺在支硎古刹之南，循道而上。寺藏深树，山门寂静，地僻僧闲，见余两人不衫不履，不甚接待。余等志不在此，未深入。

归舟饭已熟。饭毕，舟子携榼相随，嘱其子守船。由寒山至高义园之白云精舍②。轩临峭壁，下凿小池，围以石栏，一泓秋水。厓悬薜荔，墙积莓苔。坐轩下，惟闻落叶萧萧，悄无人迹。出门有一亭，嘱舟子坐此相候。余两人从石罅③中入，名"一线天"，循级盘

---

① 榼：古时盛酒的器皿。
② 白云精舍：即园内的白云禅寺。
③ 罅：裂缝。

旋，直造①其巅，曰"上白云"。有庵已坍颓，存一危楼，仅可远眺。小憩片刻，即相扶而下。

舟子曰："登高忘携酒榼矣。"

鸿干曰："我等之游欲觅偕隐②地耳，非专为登高也。"

舟子曰："离此南行二三里，有上沙村，多人家，有隙地。我有表戚范姓居是村，盍往一游？"

余喜曰："此明末徐俟斋③先生隐居处也。有园闻极幽雅，从未一游。"于是舟子导往。

村在两山夹道中。园依山而无石，老树多极纡回盘郁之势。亭榭窗栏尽从朴素，竹篱茅舍，不愧隐者之居。中有皂荚亭，树大可两抱。余所历园亭，此为第一。园左有山，俗呼鸡笼山，山峰直竖，上加大石，如杭城之瑞石古洞，而不及其玲珑。旁一青石如榻，鸿干卧其上曰："此处仰观峰岭，俯视园亭，既旷且

---

① 造：到达。

② 偕隐：一起隐居。

③ 徐俟斋：名徐枋，字昭法，号俟斋，明朝崇祯年间举人、书画家。明亡隐居不出，四十年如一日。

幽，可以开樽矣。"

因拉舟子同饮，或歌或啸，大畅胸怀。

土人知余等觅地而来，误以为堪舆①，以某处有好风水相告。鸿干曰："但期合意，不论风水。"（岂意竟成谶语②！）酒瓶既罄，各采野菊插满两鬓。

归舟，日已将没，更许抵家，客犹未散。

芸私告余曰："女伶中有兰官者，端庄可取。"

余假传母命呼之入内，握其腕而睨之，果丰颐白腻。余顾芸曰："美则美矣，终嫌名不称实。"

芸曰："肥者有福相。"

余曰："马嵬之祸③，玉环之福安在？"

芸以他辞遣之出。谓余曰："今日君又大醉耶？"

余乃历述所游，芸亦神往者久之。

---

① 堪舆：即看风水，一种相宅、相墓的迷信方法。

② 谶语：迷信认为将来会应验的话。

③ 马嵬之祸：唐天宝四年（745年），安史之乱中，杨贵妃玉环在马嵬坡缢死。

癸卯①春，余从思斋先生就维扬②之聘，始见金、焦面目。金山宜远观，焦山宜近视。惜余往来其间，未尝登眺。渡江而北，渔洋③所谓"绿杨城郭是扬州"一语，已活现矣。

平山堂离城约三四里，行其途有八九里。虽全是人工，而奇思幻想，点缀天然；既阆苑瑶池④、琼楼玉宇⑤，谅不过此。其妙处在十余家之园亭，合而为一，联络至山，气势俱贯。其最难位置⑥处，出城入景，有一里许紧沿城郭。夫城缀于旷远重山间，方可入画。园林有此，蠢笨绝伦。而观其或亭或台，或墙或石，或竹或树，半隐半露间，使游人不觉其触目。此非胸有丘壑者断难下手。

城尽以虹园为首。折而向北，有石梁，曰"虹

---

① 癸卯：指清乾隆四十八年，即公元 1783 年。

② 维扬：扬州的别称。

③ 渔洋：清代著名诗人王士祯，字子真，号渔洋山人。

④ 阆苑瑶池：指神仙居住的仙境。

⑤ 琼楼玉宇：指天上的宫阙。

⑥ 位置：处置，安排。

桥"。不知园以桥名乎？桥以园名乎？荡舟过，曰"长堤春柳"。此景不缀城脚而缀于此，更见布置之妙。再折而西，垒土立庙，曰"小金山"。有此一挡，便觉气势紧凑，亦非俗笔。闻此地本沙土，屡筑不成，用木排若干，层叠加土，费数万金乃成。若非商家，乌能①如是。

过此有胜概楼，年年观竞渡于此。河面较宽，南北跨一莲花桥。桥门通八面，桥面设五亭，扬人呼为"四盘一暖锅"。此思穷力竭之为，不甚可取。桥南有莲心寺。寺中突起喇嘛白塔，金顶璎珞，高矗云霄，殿角红墙，松柏掩映，钟磬时闻，此天下园亭所未有者。

过桥见三层高阁，画栋飞檐，五彩绚烂，叠以太湖石，围以白石栏，名曰"五云多处"，如作文中间之大结构也。过此，名"蜀冈朝旭"，平坦无奇，且属附会。将及山，河面渐束，堆土植竹树，作四五曲；似已山穷水尽，而忽豁然开朗，平山之万松林已列于前

---

① 乌能：不能。

矣。"平山堂"为欧阳文忠公所书。所谓淮东第五泉，真者在假山石洞中，不过一井耳，味与天泉同；其荷亭中之六孔铁井栏者，乃系假设，水不堪饮。九峰园另在南门幽静处，别饶天趣，余以为诸园之冠。康山未到，不识如何。

此皆言其大概。其工巧处，精美处，不能尽述。大约宜以艳妆美人目之，不可作浣纱溪上①观也。余适恭逢南巡盛典②，各工告竣，敬演接驾点缀，因得畅其大观，亦人生难遇者也。

甲辰③之春，余随侍吾父于吴江何明府幕中，与山阴章蘋江、武林章映牧、苕溪顾蔼泉诸公同事。恭办南斗圩行宫，得第二次瞻仰天颜。

一日，天将晚矣，忽动归兴。有办差小快船，双橹两浆，于太湖飞棹疾驰，吴俗呼为"出水箸头"，转瞬已至吴门桥；即跨鹤腾空，无此神爽。抵家，晚餐

---

① 浣纱溪上：指西施，春秋末年越国人，淡妆浓抹都极其美丽，曾浣纱于苎罗溪边。

② 南巡盛典：指公元1784年春，清乾隆皇帝南巡之事。

③ 甲辰：指清乾隆四十九年，即公元1784年。

未熟也。

吾乡素尚繁华，至此日之争奇夺胜，较昔尤奢。灯彩眩眸，笙歌聒耳，古人所谓"画栋雕甍"、"珠帘绣幕"、"玉栏干"、"锦步障"，不啻过之。余为友人东拉西扯，助其插花结彩。闲则呼朋引类，剧饮狂歌，畅怀游览。少年豪兴，不倦不疲。苟生于盛世而仍居僻壤，安得此游观哉！

是年，何明府因事被议①，吾父即就海宁王明府之聘。嘉兴有刘蕙阶者，长斋佞佛②，来拜吾父。其家在烟雨楼侧，一阁临河，曰"水月居"，其诵经处也，洁净如僧舍。烟雨楼在镜湖之中，四岸皆绿杨，惜无多竹，有平台可远眺。渔舟星列，漠漠平波，似宜月夜。衲子备素斋甚佳。

至海宁，与白门史心月、山阴俞午桥同事。心月一子名烛衡，澄静缄默，彬彬儒雅，与余莫逆；此生平第二知心交也，惜萍水相逢，聚首无多日耳。

---

① 被议：被参，受处分。

② 长斋佞佛：长期吃素，迷信佛教。佞佛，媚佛，迷信佛。

游陈氏安澜园，地占百亩，重楼复阁，夹道回廊。池甚广，桥作六曲形，石满藤萝，凿痕全掩，古木千章，皆有参天之势，鸟啼花落，如入深山。此人工而归于天然者，余所历平地之假石园亭，此为第一。曾于桂花楼中张宴，诸味尽为花气所夺，惟酱姜味不变。姜桂之性，老而愈辣，以喻忠节之臣，洵①不虚也。

出南门，即大海。一日两潮，如万丈银堤破海而过。船有迎潮者，潮至，反棹相向。于船头设一木招，状如长柄大刀。招一捺，潮即分破，船即随招而入，俄顷，始浮起，拨转船头，随潮而去，顷刻百里。

塘上有塔院，中秋夜曾随吾父观潮于此。循塘东约三十里，名尖山，一峰突起，扑入海中。山顶有阁，匾曰"海阔天空"，一望无际，但见怒涛接天而已。

余年二十有五，应徽州绩溪克明府之招。由武林下"江山船"，过富春山，登子陵②钓台。台在山腰，

---

① 洵：确实。

② 子陵：严光，字子陵，曾与东汉光武帝刘秀同学。刘秀即位后，他隐居浙江富春山，钓鱼富春江。

一峰突起，离水十余丈。岂汉时之水竟与峰齐耶？月夜泊界口，有巡检署。"山高月小，水落石出"，此景宛然。黄山仅见其脚，惜未一瞻面目。

绩溪城处于万山之中，弹丸小邑，民情淳朴。近城有石镜山，由山弯中曲折一里许，悬崖急湍，湿翠欲滴。渐高，至山腰，有一方石亭，四面皆陡壁。亭左石削如屏，青色光润，可鉴人形。俗传能照前生。黄巢①至此，照为猿猴形，纵火焚之，故不复现。

离城十里有火云洞天，石纹盘结，凹凸巉岩，如黄鹤山樵②笔意，而杂乱无章。洞石皆深绛色。旁有一庵甚幽静，盐商程虚谷曾招游，设宴于此。席中有肉馒头，小沙弥眈眈旁视，授以四枚。临行以番银二圆为酬。山僧不识，推不受。告以一枚可易青钱七百余文，僧以近无易处，仍不受。乃攒凑青蚨六百文付之，始欣然作谢。

他日，余邀同人携榼再往。老僧嘱曰："曩者小徒

---

① 黄巢：唐末著名农民起义领袖。

② 黄鹤山樵：指元代画家王蒙。

不知食何物而腹泻，今勿再与。"

可知藜藿^①之腹不受肉味，良可叹也。

余谓同人曰："作和尚者必居此等僻地，终身不见不闻，或可修真养静。若吾乡之虎丘山，终日目所见者妖童艳妓，耳所听者弦索笙歌，鼻所闻者佳肴美酒，安得身如枯木，心如死灰哉！"

又去城三十里，名曰"仁里"，有花果会，十二年一举，每举各出盆花为赛。余在绩溪适逢其会，欣然欲往，苦无轿马，乃教以断竹为杠，缚椅为轿，雇人肩之而去。同游者惟同事许策廷，见者无不讶笑。至其地，有庙，不知供何神。庙前旷处高搭戏台，画梁方柱极其巍焕，近视则纸扎彩画，抹以油漆者。锣声忽至，四人抬对烛，大如断柱，八人抬一猪，大若牯牛，盖公养十二年始宰以献神。

策廷笑曰："猪固寿长，神亦齿利。我若为神，乌能享此。"

余曰："亦足见其愚诚也。"

---

① 藜藿：野菜，此处指粗糙的食物。

入庙，殿廊轩院所设花果盆玩，并不剪枝拗节，尽以苍老古怪为佳，大半皆黄山松。既而开场演剧，人如潮涌而至，余与策廷遂避去。

未两载，余与同事不合，拂衣归里。

余自绩溪之游，见热闹场①中卑鄙之状不堪入目，因易儒为贾②。余有姑丈袁万九，在盘溪之仙人塘作酿酒生涯。余与施心耕附资合伙。袁酒本海贩。不一载，值台湾林爽文③之乱，海道阻隔，货积本折。不得已，仍为"冯妇"④。馆江北四年，一无快游可记。

迨居萧爽楼，正作烟火神仙⑤。有表妹倩徐秀峰自粤东归，见余闲居，慨然曰："足下待露而爨，笔耕而炊，终非久计。盍偕我作岭南游？当不仅获蝇头

---

① 热闹场：指官场。

② 易儒为贾：不做读书人，而开始经商。贾，商人。

③ 林爽文：清乾隆年间台湾农民起义领袖，1786年秋率众起义，失败后被俘，押往北京处死。

④ 冯妇：春秋晋国人，善搏虎。虽发誓不再搏虎，但经不住众人怂恿，重操旧业，故技重演。后常以"冯妇"暗示重操旧业。

⑤ 烟火神仙：普通人的幸福生活。

利也。"

芸亦劝余曰："乘此老亲尚健，子尚壮年，与其商柴计米而寻欢，不如一劳永逸。"

余乃商诸交游者，集资作本。芸亦自办绣货，及岭南所无之苏酒醉蟹等物。禀知堂上，于小春十月，偕秀峰由东坝出芜湖口。

长江初历，大畅襟怀。每晚，舟泊后，必小酌船头。见捕鱼者罾幂①不满三尺，孔大约有四寸，铁箍四角，似取易沉。

余笑曰："圣人之教，虽曰"罟不用数"②，而如此之大孔小罾，焉能有获？"

秀峰曰："此专为网鳊鱼③设也。"

见其系以长绠④，忽起忽落，似探鱼之有无。未几，急挽出水，已有鳊鱼枷罾孔而起矣。

余始喟然曰："可知一己之见，未可测其奥妙！"

---

① 罾幂：指渔网的口径。

② 罟不用数：渔网用不着太密。

③ 鳊鱼：即鳊鱼，一种长可达30余厘米、肉味鲜美的淡水鱼。

④ 绠：绳子。

一日，见江心中一峰突起，四无依倚。秀峰曰："此小孤山也。"霜林中，殿阁参差。乘风径过，惜未一游。

至滕王阁①，犹吾苏府学之尊经阁移于胥门之大马头，王子安②序中所云不足信也。即于阁下换高尾昂首船，名"三板子"，由赣关至南安登陆。值余三十诞辰，秀峰备面为寿。

越日，过大庾岭，山巅一亭，匾曰"举头日近"，言其高也。山头分为二，两边峭壁，中留一道如石巷。口列两碑：一曰"急流勇退"，一曰"得意不可再往"。山顶有梅将军祠，未考为何朝人。所谓岭上梅花，并无一树，意者以梅将军得名梅岭耶？余所带送礼盆梅，至此将交腊月，已花落而叶黄矣。

过岭出口，山川风物，便觉顿殊。岭西一山，石窍玲珑，已忘其名，舆夫曰"中有仙人床榻"，匆匆竟

---

① 滕王阁：在江西新建县西章江门上，唐代滕王元婴都督洪州时修建，阎氏为洪州牧时曾加以整修。

② 王子安：即王勃。

过，以未得游为怅。至南雄，雇老龙船，过佛山镇，见人家墙顶多列盆花，叶如冬青，花如牡丹，有大红、粉白、粉红三种，盖山茶花也。

腊月望，始抵省城，寓靖海门内，赁王姓临街楼屋三椽。秀峰货物皆销与当道，余亦随其开单拜客。即有配礼者，络绎取货，不旬日而余物已尽。

除夕，蚊声如雷。岁朝贺节，有棉袍纱套者。不惟气候迥别，即土著①人物，同一五官而神情迥异。

正月既望，有署中同乡三友拉余游河观妓，名曰"打水围"，妓名"老举"。于是同出靖海门，下小艇，如剖分之半蛋而加篷焉。

先至沙面，妓船名"花艇"，皆对头分排，中留水巷，以通小艇往来。每帮约一二十号，横木绑定，以防海风。两船之间钉以木桩，套以藤圈，以便随潮长落。鸨儿②呼为"梳头婆"，头用银丝为架，高约四寸许，空其中而蟠发于外，以长耳挖插一朵花于鬓。身

---

① 土著：世代居住在本地的人。

② 鸨儿：妓女的养母或妓院老板，又叫老鸨，鸨母。

披玄青短袄，着玄青长裤，管拖脚背，腰束汗巾，或红或绿，赤足撒鞋，式如梨园旦脚①。登其艇，即躬身笑迎，搴帏入舱。旁列椅杌，中设大炕，一门通艄后。妇呼"有客"，即闻履声杂沓而出。有挽髻者，有盘辫者，傅粉如粉墙，搽脂如榴火，或红袄绿裤，或绿袄红裤，有着短袜而撮绣花蝴蝶履者，有赤足而套银脚镯者；或蹲于炕，或倚于门，双瞳闪闪，一言不发。

余顾秀峰曰："此何为者也?"

秀峰曰："目成之后，招之始相就耳。"

余试招之，果即欢容至前，袖出槟榔为敬。入口大嚼，涩不可耐，急吐之，以纸擦唇，其吐如血。合艇皆大笑。

又至军工厂，妆束亦相等，惟长幼皆能琵琶而已。与之言，对曰"谜?"谜者，何也。

余曰："少不入广者，以其销魂耳。若此野妆蛮语，谁为动心哉?"

一友曰："潮帮妆束如仙，可往一游。"

---

① 梨园旦脚：戏班子中扮演女性的行当。

至其帮，排舟亦如沙面。有著名鸨儿素娘者，妆束如花鼓妇①。其粉头②衣皆长领，颈套项锁，前发齐眉，后发垂肩，中挽一鬏似丫髻，裹足者着裙，不裹足者短袜，亦著蝴蝶履，长拖裤管，语音可辩。而余终嫌为异服，兴趣索然。

秀峰曰："靖海门对渡有扬帮，皆吴妆。君往，必有合意者。"

一友曰："所谓扬帮者，仅一鸨儿，呼曰'邵寡妇'，携一媳曰'大姑'，系来自扬州。余皆湖广、江西人也。"

因至扬帮，对面两排仅十余艇。其中人物皆云鬏雾鬓，脂粉薄施，阔袖长裙，语音了了③。所谓邵寡妇者，殷勤相接。遂有一友另唤酒船，大者曰"恒舻"，小者曰"沙姑艇"，作东道相邀，请余择妓。余择一雏年者，身材状貌有类余妇芸娘，而足极尖细，名喜儿。

① 花鼓妇：唱花鼓的女子。
② 粉头：指妓女。
③ 了了：清楚明了。

秀峰唤一妓，名翠姑。余皆各有旧交。放艇中流，开怀畅饮。至更许，余恐不能自持，坚欲回寓，而城已下钥久矣。盖海疆之城，日落即闭，余不知也。

及终席，有卧吃鸦片烟者，有拥妓而调笑者。伻头①各送衾枕至，行将连床开铺。

余暗询喜儿："汝本艇可卧否？"

对曰："有寮可居，未知有客否也。"（寮者，船顶之楼。）

余曰："姑往探之。"

招小艇渡至邵船，但见合帮灯火相对如长廊。寮适无客。

鸨儿笑迎曰："我知今日贵客来，故留寮以相待也。"

余笑曰："姥真荷叶下仙人哉！"

遂有伻头移烛相引，由舱后，梯而登，宛如斗室，旁一长榻，几案俱备。揭帘再进，即在头舱之顶，床亦旁设，中间方窗嵌以玻璃，不火而光满一室，盖对

---

① 伻头：妓院里的佣人。

船之灯光也。衾帐镜奁，颇极华美。喜儿曰："从台可以望月。"即在梯门之上，叠开一窗，蛇行而出，即后梢之顶也，三面皆设短栏。一轮明月，水阔天空。纵横如乱叶浮水者，酒船也；闪烁如繁星列天者，酒船之灯也。更有小艇梳织往来，笙歌弦索之声，杂以长潮之沸，令人情为之移。

余曰："少不入广，当在斯矣！"惜余妇芸娘不能偕游至此。回顾喜儿，月下依稀相似，因挽之下台，息烛而卧。

天将晓，秀峰等已哄然至。余披衣起迎，皆责以昨晚之逃。

余曰："无他，恐公等掀衾揭帐耳！"遂同归寓。

越数日，偕秀峰游海珠寺。寺在水中，围墙若城，四周离水五尺许，有洞，设大炮以防海寇。潮长潮落，随水浮沉，不觉炮门之或高或下，亦物理之不可测者①。十三洋行②在幽兰门之西，结构与洋画同。对渡

---

① 犹言按常理不可解释。

② 十三洋行：清代专门租赁给洋人经商的"夷馆"，起初只有十三国，故称十三洋行。

名花地，花木甚繁，广州卖花处也。余自以为无花不识，至此仅识十之六七，询其名，有《群芳谱》^①所未载者，或土音之不同欤？

海珠寺规模极大。山门内植榕树，大可十余抱，荫浓如盖，秋冬不凋。柱槛窗栏皆以铁梨木为之。有菩提树，其叶似柿，浸水去皮，肉筋细如蝉翼纱，可裱小册写经。

归途访喜儿于花艇，适翠、喜二妓俱无客。茶罢欲行，挽留再三。余所属意在寮，而其媳大姑已有酒客在上。因谓邵鸨儿曰："若可同往寓中，则不妨一叙。"

邵曰："可。"

秀峰先归，嘱从者整理酒肴。余携翠、喜至寓。正谈笑间，适郡署王懋老不期而来，挽之同饮。酒将沾唇，忽闻楼下人声嘈杂，似有上楼之势。盖房东一侄素无赖，知余招妓，故引人图诈耳。

---

① 《群芳谱》：明王象晋撰，按十二谱分类，详细介绍每一种植物的生态特征。

秀峰怨曰："此皆三白一时高兴，不合我亦从之。"

余曰："事已至此，应速思退兵之计，非斗口时也。"

懋老曰："我当先下说之。"

余即唤仆速雇两轿，先脱两妓，再图出城之策。

闻懋老说之不退，亦不上楼。两轿已备，余仆手足颇捷，令其向前开路，秀峰挽翠姑继之，余挽喜儿于后，一哄而下。秀峰、翠姑得仆力，已出门去。喜儿为横手所拿。余急起腿，中其臂，手一松而喜儿脱去，余亦乘势脱身出。余仆犹守于门，以防追抢。

急问之曰："见喜儿否？"

仆曰："翠姑已乘轿去。喜娘但见其出，未见其乘轿也。"

余急燃炬，见空轿犹在路旁。急追至靖海门，见秀峰侍翠轿而立，又问之，对曰："或应投东，而反奔西矣。"

急返身过寓十余家，闻暗处有唤余者，烛之，喜儿也。遂纳之轿，肩而行。秀峰亦奔至，曰："幽兰门有水窦可出，已托人贿之启钥。翠姑去矣，喜儿速往！"

余曰："君速回寓退兵，翠、喜交我！"

至水窦边，果已启钥。翠先在。余遂左掖喜，右挽翠，折腰鹤步，踉跄出窦。

天适微雨，路滑如油。至河干①沙面，笙歌正盛。小艇有识翠姑者，招呼登舟。始见喜儿首如飞蓬，钗环俱无有。余曰："被抢去耶？"

喜儿笑曰："闻此皆赤金，阿母物也。妾于下楼时已除去，藏于囊中。若被抢去，累君赔偿耶？"

余闻言，心甚德之。令其重整钗环，勿告阿母，托言寓所人杂，故仍归舟耳。

翠姑如言告母，并曰："酒菜已饱，备粥可也。"

时寮上酒客已去，邵鸨儿命翠亦陪余登寮。见两对绣鞋泥污已透。三人共粥，聊以充饥。剪烛絮谈，始悉翠籍湖南，喜亦豫产，本姓欧阳，父亡母醮②，为恶叔所卖。翠姑告以迎新送旧之苦，心不欢必强笑，

① 干：通"岸"。
② 醮：旧时称妇女出嫁。

酒不胜必强饮，身不快必强陪，喉不爽必强歌；更有乖张其性者，稍不合意，即掷酒翻案，大声辱骂，假母①不察，反言接待不周；又有恶客彻夜蹂躏，不堪其扰。喜儿年轻初到，母犹惜之。不觉泪随言落。喜儿亦嘿然涕泣。余乃挽喜入杯，抚慰之。瞩翠姑卧于外榻，盖因秀峰交也。

自此或十日或五日，必遣人来招。喜或自放小艇，亲至河干迎接。余每去，必偕秀峰，不邀他客，不另放艇。一夕之欢，番银四圆而已。秀峰今翠明红，俗谓之"跳槽"，甚至一招两妓。余则惟喜儿一人。偶独往，或小酌于平台，或清谈于寮内，不令唱歌，不强多饮，温存体恤，一艇怡然。邻妓皆羡之。有空闲无客者，知余在寮，必来相访。合帮之妓无一不识，每上其艇，呼余声不绝，余亦左顾右盼，应接不暇，此虽挥霍万金所不能致者。

余四月在彼处共费百余金，得尝荔枝鲜果，亦生平快事。后鸨儿欲索五百金，强余纳喜，余患其扰，

① 假母：指鸨母。妓女称鸨母妈妈，鸨母即妓女的养母。

遂图归计。秀峰迷恋于此，因劝其购一妾，仍由原路返吴。

明年，秀峰再往，吾父不准偕游，遂就青浦杨明府之聘。及秀峰归，述及喜儿因余不往，几寻短见。噫，"半年一觉扬帮梦，赢得花船薄幸名"矣！

余自粤东归来，馆青浦两载，无快游可述。未几，芸、憨相遇，物议沸腾。芸以激愤致病。余与程墨安设一书画铺于家门之侧，聊佐汤药之需。

中秋后二日，有吴云客偕毛忆香、王星澜邀余游西山小静室。余适腕底无闲①，嘱其先往。

吴曰："子能出城，明午当在山前水踏桥之来鹤庵相候。"余诺之。

越日，留程守铺，余独步出阊门②，至山前，过水踏桥，循田塍而西，见一庵南向，门带清流，剥琢问之，应曰："客何来？"

余告之。笑曰："此得云也。客不见匾额乎？来鹤

---

① 腕底无闲：手头不空。忙于工作而无空闲之时。
② 阊门：本是传说中的天门，苏州城西北门也称"阊门"。

已过矣!"

余曰:"自桥至此,未见有庵。"

其人回指曰:"客不见土墙中森森多竹者,即是也。"

余乃返,至墙下,小门深闭。门隙窥之,短篱曲径,绿竹猗猗,寂不闻人语声。叩之,亦无应者。一人过,曰:"墙穴有石,敲门具也。"余试连击,果有小沙弥出应。

余即循径入,过小石桥,向西一折,始见山门,悬黑漆额,粉书"来鹤"二字,后有长跋,不暇细观。入门经韦驮殿,上下光洁,纤尘不染,知为小静室。

忽见左廊又一小沙弥奉壶出。余大声呼问,即闻室内星澜笑曰:"何如?我谓三白决不失信也。"

旋见云客出迎,曰:"候君早膳,何来之迟?"

一僧继其后,向余稽首,问知为竹逸和尚。入其室,仅小屋三椽,额曰"桂轩",庭中双桂盛开。星澜、忆香群起嚷曰:"来迟罚三杯!"席上,荤素精洁,酒则黄白俱备。

余问曰:"公等游几处矣?"

云客曰："昨来已晚，今晨仅到得云、河亭耳。"

欢饮良久。饭毕，仍自得云、河亭共游八九处，至华山而止，各有佳处，不能尽述。华山之顶有莲花峰，以时欲暮，期以后游。桂花之盛，至此为最。就花下饮清茗一瓯，即乘山舆，径回来鹤。

桂轩之东，另有临洁小阁，已杯盘罗列。竹逸寡言静坐，而好客善饮。始则折桂催花①，继则每人一令，二鼓始罢。

余曰："今夜月色甚佳，即此酣卧，未免有负清光。何处得高旷地，一玩月色，庶不虚此良夜也？"

竹逸曰："放鹤亭可登也。"

云客曰："星澜抱得琴来，未闻绝调。到彼一弹何如？"

乃偕往。但见木犀香里，一路霜林，月下长空，万籁俱寂。星澜弹《梅花三弄》，飘飘欲仙。忆香亦兴发，袖出铁笛，呜呜而吹之。

云客曰："今夜石湖看月者，谁能如吾辈之乐哉！"

① 折桂催花：一种击鼓传花的酒令。

盖吾苏八月十八日石湖行春桥下，有看串月胜会。游船排挤，彻夜笙歌，名虽看月，实则挟妓哄饮而已。未几，月落霜寒，兴阑归卧。

明晨，云客谓众曰："此地有无隐庵，极幽僻，君等有到过者否？"

咸对曰："无论未到，并未尝闻也。"

竹逸曰："无隐四面皆山，其地甚僻，僧不能久居。向年曾一至，已坍废。自尺木彭居士重修后，未尝往焉。今犹依稀识之。如欲往游，请为前导。"

忆香曰："枵腹去耶？"

竹逸笑曰："已备素面矣。再令道人携酒榼相从也。"

面毕，步行而往。过高义园，云客欲往白云精舍。入门就坐，一僧徐步出，向云客拱手，曰："违教两月。城中有何新闻？抚军①在辕否？"

忆香忽起，曰："秃！"②拂袖径出。余与星烂忍

---

① 抚军：清代省级地方行政长官巡抚的别称，亦称抚院，抚台。

② 和尚打听俗事、问候权贵，忆香厌恶其俗，故起而骂之。

笑随之。云客、竹逸酬答数语，亦辞出。

高义园即范文正公①墓。白云精舍在其旁。一轩面壁，上悬藤萝，下凿一潭，广丈许，一泓清碧，有金鳞游泳其中，名曰"钵盂泉"。竹炉茶灶，位置极幽。轩后于万绿丛中，可瞰范园之概。惜衲子俗，不堪久坐耳。

是时，由上沙村过鸡笼山，即余与鸿干登高处也。风物依然，鸿干已死，不胜今昔之感！正惆怅间，忽流泉阻路，不得进。有三五村童掘菌子于乱草中，探头而笑，似讶多人之至此者。

询以无隐路，对曰："前途水大不可行。请返数武，南有小径，度岭可达。"

从其言，度岭南行里许，渐觉竹树丛杂，四山环绕，径满绿茵，已无人迹。

竹逸徘徊四顾，曰："似在斯而径不可辨，奈何？"

余乃蹲身细瞩，于千竿竹中隐隐见乱石墙舍，径拨丛竹间，横穿入觅之，始得一门，曰"无隐禅院，

---

① 范文正公：即范仲淹，字希文，北宋政治家、文学家，谥号"文正"。

某年月日南园老人彭某重修"。

众喜，曰："非君则武陵源①矣！"

山门紧闭，敲良久，无应者。忽旁开一门，呀然有声，一鹑衣②少年出，面有菜色，足无完履，问曰："客何为者？"

竹逸稽首曰："慕此幽静，特来瞻仰。"

少年曰："如此穷山，僧散无人接待，请觅他游。"

言已，闭门欲进。云客急止之，许以启门放游，必当酬谢。

少年笑曰："茶叶俱无，恐慢客耳，岂望酬耶？"

山门一启，即见佛面，金光与绿荫相映，庭阶石础，苔积如绣。殿后台级如墙，石栏绕之。循台而西，有石形如馒头，高二丈许，细竹环其趾。再西折北，由斜廊蹑级而登。客堂三楹，紧对大石。石下凿一小月池，清泉一派，荇藻交横③。堂东即正殿，殿左西向

---

① 武陵源：出自陶渊明《桃花源记》，指难以寻觅的仙境。
② 鹑衣：鹑鸟尾秃，像补绽百结，故用以形容破旧的衣服。
③ 荇藻交横：荇菜和藻类等各种水生植物参差错杂在一起。

为僧房厨灶；殿后临峭壁，树杂荫浓，仰不见天。星澜力疲，就池边小憩，余从之。

将启榼小酌，忽闻忆香音在树杪，呼曰："三白速来，此间有妙境！"

仰而视之，不见其人，因与星澜循声觅之。由东厢出一小门，折北，有石蹬如梯，约数十级；于竹坞中瞥见一楼，又梯而上，八窗洞然，额曰"飞云阁"。四山抱列如城，缺西南一角，遥见一水浸天，风帆隐隐，即太湖也。倚窗俯视，风动竹梢，如翻麦浪。

忆香曰："何如？"

余曰："此妙境也。"

忽又闻云客于楼西呼曰："忆香速来！此地更有妙境。"

因又下楼，折而西，十余级，忽豁然开朗，平坦如台。度其地，已在殿后峭壁之上，残砖缺础尚存，盖亦昔日之殿基也。周望环山，较阁更畅。忆香对太湖长啸一声，则群山齐应。乃席地开樽，忽愁枵腹。少年欲烹焦饭代茶，随令改茶为粥。邀与同啖，询其何以冷落至此？曰："四无居邻，夜多暴客，积粮时来强窃，即植蔬果，亦半为樵子所有。此为崇宁寺下院，长厨中月送饭乾一石①，盐菜一坛而已。某为彭姓裔，暂居看守，行将归去，不久当无人迹矣。"云客谢以番银一圆。返至来鹤，买舟而归。余绘《无隐图》一幅，以赠竹逸，志②快游也。

　　是年冬，余为友人作中保所累，家庭失欢，寄居锡山华氏，明年春将之③维扬，而短于资。有故人韩春泉在上洋幕府，因往访焉。衣敝履穿，不堪入署，投札约晤于郡庙园亭中。及出见，知余愁苦，概助十金。园为洋商捐施而成，极为阔大，惜点缀各景，杂乱无章，后叠山石，亦无起伏照应。

　　归途忽思虞山之胜，适有便舟附之。时当春仲，桃李争研，逆旅行踪，苦无伴侣。乃怀青铜三百，信步至虞山书院。墙外仰瞩，见丛树交花，娇红稚绿，

---

① 饭乾一石：粮食一石，约合今120市斤。
② 志：记。
③ 之：到、往。

傍水依山，极饶幽趣，惜不得其门而入。问途以往，遇设篷瀹茗者，就之。烹碧罗春，饮之极佳。询虞山何处最胜？一游者曰："从此出西关，近剑门，亦虞山最佳处也。君欲往，请为前导。"余欣然从之。

出西门，循山脚，高低约数里，渐见山峰屹立，石作横纹。至则一山中分，两壁凹凸，高数十仞①，近而仰视，势将倾堕。

其人曰："相传上有洞府，多仙景，惜无径可登。"

余兴发，挽袖卷衣，猿攀而上，直造其巅。所谓洞府者，深仅丈许，上有石罅，洞然见天。俯首下视，腿软欲堕。乃以腹面壁，依藤附蔓而下。

其人叹曰："壮哉！游兴之豪，未见有如君者。"

余口渴思饮，邀其人就野店沽饮三杯。阳乌将落，未得遍游，拾赭石十余块，怀之归寓。负笈②搭夜航至苏，仍返锡山。此余愁苦中之快游也。

---

① 仞：古时以七尺或八尺为一仞。

② 负笈：背着行囊。笈，书箱。

嘉庆甲子①春，痛遭先君之变，行将弃家远遁，友人夏揖山挽留其家。秋八月，邀余同往东海永泰沙勘收花息②。沙隶崇明③。出刘河口，航海百余里。新涨初辟④，尚无街市，茫茫芦荻，绝少人烟。仅有同业丁氏仓库数十椽，四面掘沟河，筑堤栽柳绕于外。

丁字实初，家于崇，为一沙之首户，司会计者姓王，俱豪爽好客，不拘礼节，与余乍见，即同故交。宰猪为饷，倾瓮为饮。令则拇战，不知诗文；歌则号呶⑤，不讲音律。酒酣，挥工人舞拳相扑为戏。蓄牡牛百余头，皆露宿堤上。养鹅为号，以防海贼。日则驱鹰犬猎于芦丛沙渚间，所获多飞禽。余亦从之驰逐，倦则卧。

引至园田成熟处，每一字号圈筑高堤，以防潮汛。堤中通有水窦，用闸启闭。旱则长潮时启闸灌之，潦

---

① 嘉庆甲子：清嘉庆九年，即1804年。

② 勘收花息：查收利息。

③ 沙隶崇明：永泰沙隶属于崇明岛。

④ 新涨初辟：新淤积的土地刚刚开辟。

⑤ 号呶：大喊大叫，高声喧哗。

则落潮时开闸泄之。佃人皆散处如列星，一呼俱集，称业户曰"产主"，唯唯听命，朴诚可爱；而激之非义，则野横过于狼虎，幸一言公平，率然拜服。风雨晦明，恍同太古。

卧床外瞩，即睹洪涛，枕畔潮声如鸣金鼓。一夜，忽见数十里外有红灯，大如栲栳①，浮于海中，又见红光烛天，势同失火。实初曰："此处起现神灯神火，不久又将涨出沙田矣。"

揖山兴致素豪，至此益放。余更肆无忌惮，牛背狂歌，沙头醉舞，随其兴之所至，真生平无拘之快游也！事竣，十月始归。

吾苏虎丘之胜，余取后山之千顷云一处，次则剑池而已。余皆半借人工，且为脂粉所污，已失山林本相。即新起之白公祠、塔影桥，不过留雅名耳。其冶坊滨，余戏改为"野芳滨"，更不过脂乡粉队，徒形其妖冶而已。其在城中最著名之狮子林，虽曰云林手笔，且石质玲珑，中多古木；然以大势观之，竟同乱堆煤

---

① 栲栳：竹篾或柳条编成像斗的容器。

渣，积以苔藓，穿以蚁穴，全无山林气势。以余管窥所及，不知其妙。灵岩山，为吴王馆娃宫①故址，上有西施洞、响屟廊、采香径诸胜，而其势散漫，旷无收束，不及天平支硎之别饶幽趣。

邓尉山一名元墓，西背太湖，东对锦峰，丹厓翠阁，望如图画。居人种梅为业，花开数十里，一望如积雪，故名"香雪海"。山之左有古柏四树，名之曰"清"、"奇"、"古"、"怪"。清者一株挺直，茂如翠盖；奇者卧地三曲，形同"之"字；古者秃顶扁阔，半朽如掌；怪者体似旋螺，枝干皆然。相传汉以前物也。

乙丑②孟春，揖山尊人莼芗先生偕其弟介石率子侄四人，往幞山家祠春祭，兼扫祖墓，招余同往。顺道先至灵岩山，出虎山桥，由费家河进香雪海观梅。幞山祠宇即藏于香雪海中。时花正盛，咳吐俱香。余曾

---

① 吴王馆娃宫：春秋末年吴王夫差为他的爱姬西施所建的宫殿，故址在今江苏吴县灵岩寺。

② 乙丑：指清嘉庆十年，即 1805 年。

为介石画《蟆山风木图》十二册。

是年九月，余从石琢堂殿撰赴四川重庆府之任。溯长江而上，舟抵皖城。皖山之麓，有元季忠臣余公①之墓。墓侧有堂三楹，名曰"大观亭"。面临南湖，背倚潜山。亭在山脊，眺远颇畅。旁有深廊，北窗洞开。时值霜叶初红，烂如桃李。同游者为蒋寿朋、蔡子琴。

南城外又有王氏园，其地长于东西、短于南北，盖北紧背城，南则临湖故也。既限于地，颇难位置，而观其结构作重台叠馆之法。重台者，屋上作月台为庭院，叠石栽花于上，使游人不知脚下有屋；盖上叠石者则下实，上庭院者则下虚，故花木仍得地气而生也。叠馆者，楼上作轩，轩上再作平台。上下盘折重叠四层，且有小池，水不漏泄，竟莫测其何虚何实。其立脚全用砖石为之，承重处仿照西洋立柱法。幸面对南湖，目无所阻，骋怀游览，胜于平园。真人工之奇绝者也。

---

① 余公：余阙，字廷心，元末镇守安庆。红巾军领袖陈友谅攻陷安庆，余阙自溺身亡。

武昌黄鹤楼在黄鹄矶上，后拖黄鹄山，俗呼为蛇山。楼有三层，画栋飞檐，倚城屹峙，面临汉江，与汉阳晴川阁相对。余与琢堂冒雪登焉。仰视长空，琼花飞舞，遥指银山玉树，恍如身在瑶台。江中往来小艇，纵横掀播，如浪卷残叶，名利之心，至此一冷。壁间题咏甚多，不能记忆，但记楹对有云：

　　何时黄鹤重来，且共倒金樽，浇洲渚千年芳草；

　　但见白云飞去，更谁吹玉笛，落江城五月梅花。[①]

黄州赤壁在府城汉川门外，屹立江滨，截然如壁。石皆绛色，故名焉。《水经》渭之赤鼻山。东坡游此作二赋[②]，指为吴魏交兵处，则非也。壁下已成陆地，上有二赋亭。

是年仲冬抵荆州。琢堂得升潼关观察之信，留余住荆州，余以未得见蜀中山水为怅。时琢堂入川，而

---

① 据张少成、李泽一所编《对联选》一书载，武昌黄鹤楼楹联应为："何时黄鹤重来，且自把金樽，看洲渚千年芳草；今日白云尚在，问谁吹玉笛，落江城五月梅花。"

② 二赋：指苏轼所作《前赤壁赋》《后赤壁赋》。

哲嗣①敦夫眷属，及蔡子琴、席芝堂俱留于荆州，居刘氏废园，余记其厅额曰："紫藤红树山房。"庭阶围以石栏，凿方池一亩。池中建一亭，有石桥通焉。亭后筑土垒石，杂树丛生。余多旷地，楼阁俱倾颓矣。

客中无事，或吟或啸，或出游，或聚谈。岁暮虽资斧②不继，而上下雍雍，典衣沽酒，且置锣鼓敲之。每夜必酌，每酌必令。窘则四两烧刀，亦必大施觞政。

遇同乡蔡姓者，蔡子琴与叙宗系，乃其族子也。倩其导游名胜，至府学前之曲江楼，昔张九龄③为长史时，赋诗其上。朱子④亦有诗曰："相思欲回首，但上曲江楼。"城上又有雄楚楼，五代时高氏⑤所建，规模雄峻，极目可数百里。绕城傍水，尽植垂杨，小舟荡

---

① 哲嗣：敬称他人的儿子。

② 资斧：资财、器用。后称旅费、盘缠为"资斧"。

③ 张九龄：字子寿，官至中书令，受李林甫排挤，被贬为荆州长史。

④ 朱子：即南宋哲学家、教育家朱熹。他所建立的理学体系，被明清统治者奉为儒学正宗。

⑤ 高氏：指五代时割据靳南的南平王高季兴。

浆往来，颇有画意。荆州府署即关壮缪①帅府，仪门内有青石断马槽，相传即赤兔马食槽也。访罗含②宅于城西小湖上，不遇；又访宋玉故宅于城北。昔庾信遇侯景之乱③，遁归江陵，居宋玉故宅，继改为酒家，今则不可复识矣。

是年大除④，雪后极寒。献岁发春，无贺年之扰。日惟燃纸炮、放纸鸢、扎纸灯以为乐。既而风传花信，雨濯春尘。琢堂诸姬携其少女幼子顺川流而下。敦夫乃重整行装，合帮而走。由樊城登陆，直赴潼关。

由山南阌乡县西出函谷关，有"紫气东来"四字，即老子乘青牛⑤所过之地。两山夹道，仅容二马并行。

---

① 关壮缪：即关羽，刘禅赠谥"壮缪"。

② 罗含：东晋文学家，字君章。

③ 侯景之乱：南朝梁武帝末年降将侯景发动叛乱，废梁帝自立。次年被梁军击败，逃亡时被部下杀死。

④ 大除：即除夕。

⑤ 老子乘青牛：老子，即老聃，姓李名耳，字伯阳，春秋时思想家，道家的创始人。刘向《列仙传》记："老子西游，关令尹喜曾见有紫气浮关，而老子果乘青牛而过也。"

约十里即潼关，左背峭壁，右临黄河。关在山河之间扼喉而起，重楼垒垛，极其雄峻，而车马寂然，人烟亦稀。昌黎诗①曰："日照潼关四扇开"，殆亦言其冷落耶？

城中观察之下，仅一别驾②。道署紧靠北城，后有园圃，横长约三亩。东西凿两池，水从西南墙外而入，东流至两池间，支分三道：一向南，至大厨房，以供日用；一向东，入东池；一向北折西，由石螭口中喷入西池，绕至西北，设闸泄泻，由城脚转北，穿窦而出，直下黄河。日夜环流，殊清人耳。竹树荫浓，仰不见天。

西池中有亭，藕花绕左右。东有面南书室三间，庭有葡萄架，下设方石，可弈可饮。以外皆菊畦。西有面东轩屋三间，坐其中可听流水声。轩南有小门可通内室，轩北窗下另凿小池。池之北有小庙，祀

---

① 昌黎：即韩愈。诗句见《次潼关先寄张十二阁老使君》。
② 别驾：官名，汉代初设，为刺史的佐吏。明清时指分掌粮运及农田水利的通判。

花神。

园正中筑三层楼一座，紧靠北城，高与城齐，俯视城外即黄河也。河之北，山如屏列，已属山西界。真洋洋大观也。

余居园南，屋如舟式，庭有土山，上有小亭，登之可览园中之概。绿荫四合，夏无暑气。琢堂为余额其斋曰"不系之舟"。此余幕游以来，第一好居室也。土山之间，艺菊数十种，惜未及含葩，而琢堂调山左廉访矣。

眷属移寓潼川书院，余亦随往院中居焉。琢堂先赴任。余与子琴、芝堂等无事，辄出游。乘骑至华阴庙。过华封里，即尧时三祝①处。庙内多秦槐汉柏，大皆三四抱，有槐中抱柏而生者，柏中抱槐而生者。殿廷古碑甚多，内有陈希夷②书"福"、"寿"字。华山

---

① 尧时三祝：《庄子外篇·天地篇》记尧视察华封时，三次拒绝人们长寿、富贵、多子的祝福。

② 陈希夷：即五代宋初道士陈抟，字图南，自号扶摇子，著名的道教学者。隐居华山，宋太宗赐号希夷先生，被尊称为"陈抟老祖"，"希夷祖师"。

之脚有玉泉院，即希夷先生化形骨蜕处。有石洞如斗室，塑先生卧像于石床。其地水净沙明，草多绛色，泉流甚急，修竹绕之。洞外一方亭，额曰"无忧亭"。旁有古树三栋，纹如裂炭，叶似槐而色深，不知其名，土人即呼曰"无忧树"。

太华之高不知几千仞，惜未能裹粮往登焉。归途见林柿正黄，就马上摘食之。土人呼止弗听，嚼之涩甚，急吐去。下骑觅泉漱口，始能言。土人大笑。盖柿须摘下煮一沸，始去其涩，余不知也。

十月初，琢堂自山东专人来接眷属，遂出潼关，由河南入鲁。山东济南府城内，西有大明湖，其中有历下亭、水香亭诸胜。夏月柳荫浓处，菡萏①香来，载酒泛舟，极有幽趣。余冬日往视，但见衰柳寒烟，一水茫茫而已。趵突泉为济南七十二泉之冠。泉分三眼，从地底怒涌突起，势如腾沸。凡泉皆从上而下，此独从下而上，亦一奇也。池上有楼，供吕祖②像，游者多

---

① 菡萏：荷花的别称。
② 吕祖：吕洞宾，神话传说中的八仙之一。

于此品茶焉。明年二月，余就馆莱阳。至丁卯①秋，琢堂降官翰林②，余亦入都。所谓登州海市③，竟无从一见。

① 丁卯：指清嘉庆十二年，即 1807 年。
② 翰林：官名。唐代初设，先为文学侍从，后为机要文书。明清以"翰林院"储备人才，供职者皆为翰林。
③ 登州海市：登州，位于山东半岛东端，唐时治所在今山东省蓬莱县。海市，即海市蜃楼。

卷五 中山记历

嘉庆四年①，岁在己未，琉球国②中山王尚穆薨。世子尚哲先七年卒，世孙尚温表请袭封③。中朝怀柔远藩，锡以恩命。临轩召对④，特简⑤儒臣。

于是，赵介山先生名文楷，太湖人，官翰林院修撰，充正使。李和叔先生名鼎元，锦州人，官内阁中书，副焉。介山驰书约余偕行，余以高堂垂老，惮⑥于

---

① 嘉庆四年：即1799年。

② 琉球国：12世纪，位于中国台湾与日本之间的琉球群岛出现南山、中山、北山三国，明初琉球成为我国的藩属。15世纪中山王尚巴志统一琉球王国，此后每一代国王都需由明王朝政府册封任命。

③ 表请袭封：上书朝廷请求沿袭册封为中山王。

④ 临轩召对：当面接受皇帝考问。临轩，皇帝驾临。

⑤ 特简：皇帝对官吏的破格选用，此指派遣特使。

⑥ 惮：怕，不敢。

远游；继思游幕二十年，遍窥两戒①，然而尚囿方隅之见，未观域外，更历瀴溟②之胜，庶广异闻。禀商吾父，允以随往。从客凡五人：王君文诰、秦君元钧、缪君颂、杨君华才，其一即余也。

五年五月朔日，随荡节③以行。祥飙送风，神鱼扶舳④，计六昼夜，径达所届。

凡所目击，咸登掌录。志山水之丽崎，记物产之瑰怪，载官司之典章，嘉士女之风节。文不矜奇，事皆记实。自惭谫陋⑤，甘贻测海⑥之嗤，要堪传信，或胜凿空之说云尔。

五月朔日，恰逢夏至，襆被⑦登舟。向来封中山王，去以夏至，乘西南风；归以冬至，乘东北风。风

---

① 两戒：国家疆域的南北界限，也借指两戒之内的全境。戒，通"界"。

② 瀴溟：航行于大海。瀴，经历。溟，海。

③ 荡节：高悬的出使证书。荡，大竹。

④ 舳：船头，此指船。

⑤ 谫陋：浅薄之意。

⑥ 测海：比喻见识浅薄。

⑦ 襆被：用包裹包住被子，意即收拾好行李。

有信也。舟二，正使与副使共乘其一。舟身长七尺，首尾虚艄三丈，深一丈三尺，宽二丈二尺，较历来封舟，几小一半。前后各一桅，长六丈有奇①，围六尺，以番木为之。通计二十四舱，舱底贮石，载货十一万斤有奇。龙口②置大炮一，左右各置大炮二，兵器贮舱内。大桅下，横大木为辘轳，移炮升篷皆仗之。辇③以数十人。舱面为战台，尾楼为将台，立帜列藤牌，为使臣厅事。下即舵楼，舵前有小舱，实以沙布针盘④。中舱梯而下，高可六尺，为使臣会食地。前舱贮火药贮米，后以居兵。稍后为水舱，凡四井。二号船称是⑤。每船约二百六十余人，船小人多，无立锥处。风信已届，如欲易舟，恐延时日也。

初二日午刻，移泊鳌门。申刻，庆云见于西方。

---

① 奇：本义为出人意料，此指超出，有余。

② 龙口：截流或堵决口时临时留出的过水的口门，此指两侧船帮即将会合的地方。

③ 辇：拉车。此借指转动辘轳。

④ 沙布针盘：地图和罗盘。

⑤ 称是：与此相同。称，对称。是，这。

五色轮囷①，适与楼船旗帜，上下辉映，观者莫不叹为
奇瑞。或如玄圭，或如白珂，或如灵芝，或如玉禾，
或如绛绡，或如紫绹，或如文杏之叶，或如含桃之颗，
或如秋原之草，或如春湘之波。向读屠长卿②赋，今始
知其形容之妙也。画士施生，为《航海行乐图》，甚
工。余见兹图，遂乃搁笔。香厓虽善画，亦不能办此。

初四日亥刻，起碇③，乘潮至罗星塔。海阔天空，
一望无际。余妇芸娘昔游太湖，谓得见天地之宽，不
虚此生。使观于海，其愉快又当何如？

初九日卯刻，见彭家山。列三峰，东高而西下。
申刻，见钓鱼台三峰离立，如笔架，皆石骨。惟时水
天一色，舟平而驶，有白鸟无数，绕船而送，不知所
自来。入夜，星影横斜，月光破碎，海面尽作火焰，
浮沉出没，木华④《海赋》所谓阴火潜然者也。

初十日辰正，见赤尾屿。屿方而赤，东西凸而中

---

① 囷：圆。
② 屠长卿：指屠隆，明代文学家、戏曲家，字长卿。
③ 起碇：拔锚启航。
④ 木华：字玄虚，西晋辞赋家，今存《海赋》一篇。

凹。凹中又有小峰二。船从山北过，有大鱼二，夹舟行，不见首尾。脊黑而微绿，如十围枯木，附于舟侧。舟人以为风暴将起，鱼先来护。午刻，大雷雨以震，风转东北。舵无主，舟转侧甚危，幸而大鱼附舟，尚未去。忽闻霹雳一声，风雨顿止。申刻，风转西南且大，合舟之人，举手加额，咸以为有神助。得二诗以志之，诗云：

> 平生浪迹遍齐州，又附星搓作远游。
> 鱼解扶危风转顺，海云红处是琉球。

> 白浪滔滔撼大荒，海天东望正茫茫。
> 此行足壮书生胆，手挟风雷意激昂。

自谓颇能写出尔时光景。

十一日午刻，见姑米山。山共八岭，岭各一二峰，或断或续。未刻，大风暴雨如注，然雨虽暴而风顺。酉刻，舟已近山。琉球人以姑米多礁，黑夜不敢进，待明而行。亦不下碇，但将篷收回，顺风而立，则舟荡漾而不能退。戌刻，舟中举号火，姑米山有火应之。询知为球人暗令，日则放炮，夜则举火。仪注①所谓得信者，此也。

十二日辰刻，过马齿山。山如犬羊相错，四峰离立，若马行空。计又行七更②，船再用甲寅针③，取那霸港。回望见迎封船在后，共相庆幸。

历来针路④所见，尚有小琉球、鸡笼山、黄麻屿，此行俱未见。问知琉球伙长⑤，年已六十，往来海面八次，每度细审，得其准的，以为不出辰卯二位。而乙卯位单，乙针尤多，故此次最为简捷，而所见亦仅三山。即至姑米，针则开洋⑥用单辰。行七更后，用乙辰，自后尽用乙。过姑米，乃用乙卯。惟记更以香，殊难凭准。念五虎门至官塘，里有定数，因就时辰表

---

① 仪注：即《仪礼注疏》，汉代郑玄注、唐代贾公彦疏。

② 更：古代航海里程的计量单位，即一个时辰航行的距离。

③ 甲寅针：罗盘指针指向甲寅。

④ 针路：航线。航海中主要用指南针确定路线，所以叫"针路"。

⑤ 伙长：唐代所设的下级军官，领五十人。此指船工头。

⑥ 开洋：开始航海。

按时计里，每时约行百有十里。自初八日未时开洋，讫十二日辰时，计共五十八时。初十日暴风，停两时。十一日夜，畏触礁，停三时。实行五十三时，计程应得五千八百三十里。计到那霸港，实洋面六千里有奇。

据琉球伙长云：海上行舟，风小固不能驶，风过大，亦不能驶。风大则浪大，浪大力能壅船①，进尺仍退二寸。惟风七分，浪五分，最宜驾驶。此次是也。从来渡海，未有平稳而驶如此者。

于时，球人驾独木船数十，以纤挽舟而行，迎封三接如仪②。辰刻，进那霸港。先是，二号船于初十日望不见，至是乃先至。迎封船亦随后至，齐泊临海寺前。伙长云："从未有三舟齐到者。"

午刻，登岸。倾国人士，聚观于路。世孙率百官迎诏如仪。世孙年十七，白皙而丰颐，仪度雍容。善书，颇得松雪③笔意。按《中山世鉴》，随使羽骑尉朱

---

① 壅船：阻挡船前进。壅，阻塞。

② 如仪：按照规定的程序、仪式。

③ 松雪：元代书画家赵孟頫，号松雪道人，简称松雪。

宽至国，于万涛间，见地形如虬龙浮水，始曰"流
虬"。而《隋书》又作"流求"，《新唐书》作"流
鬼"，《元史》又作"璃求"，明复作"琉球"。《世
鉴》又载：元延祐元年，国分为三大里，凡十八国。
或称山南王，或称山北王。余于中山、南山，游历几
遍。大村不及二里，而即谓之国，得勿夸大乎？

球人每言大风，必曰"台飓"。按昌黎诗"雷霆逼
飓飓"，是与飓同称者为飓。《玉篇》："飓，大风也，
于笔切。"《唐书·百官志》：有飓海道，或系球人误
书。《隋书》称琉球有虎、狼、熊、罴，今实无之。又
云：无牛、羊、驴、马。驴诚无，而六畜无不备，乃
知书不可尽信也。

天使馆西向，仿中华廨署①，有旗竿二，上悬册封
黄旗。有照墙，有东西辕门，左右有鼓亭，有班房。
大门署曰"天使馆"，门内廊房各四楹。仪门署曰"天
泽门"，万历中使臣夏子阳题。年久失去，前使徐葆光
补出。门内左右各十一间，中有甬道。道西榕树一株，

---

① 廨署：官员办理公务的地方。

大可十围，徐公手植。最西者为厨房。大堂五楹，署
曰"敷命堂"，前使汪楫题。稍北，葆光额曰"皇纶三
锡"。堂后有穿堂，直达二堂。堂五楹，中为副使会食
之地，前使周公署曰"声教东渐"。左右即寝室。堂后
南北各一楼。南楼为正使所居，汪楫额曰"长风阁"。
北楼为副使所居，前使林麟焻额曰"停云楼"。额北有
诗牌，乃海山先生所题也。周砺礁石为垣，望同百雉。
垣上悉植火凤，干方，无花有刺，似霸王鞭，叶似慎
火草，俗谓能避火，名"吉姑罗"。南院有水井。楼皆
上覆瓯，下砌方砖。院中平似沙，桌椅床帐悉仿中国
式。寄尘得诗四首，有句云："相看楼阁云中出，即是
蓬莱岛上居。"又有句云："一舟剪径凭风信，五日飞
帆驻月楂。"皆真情真境也。

　　孔子庙在久米村。堂三楹，中为神座，如王者垂
旒揎圭①，而署其主曰"至圣先师孔子神位"。左右两
龛，龛二人立侍，各手一经，标曰：《易》、《书》、
《诗》、《春秋》"，即所谓四配也。堂外为台，台东西，

①　垂旒揎圭：帽子上垂着玉串，插着玉板。

拾级以登，栅如棂星门①。中仿戟门，半树塞以止行者。其外临水为屏墙。堂之东，为明伦堂，堂北祀启圣②。久米士之秀者，皆肆业其中，择文理精通者为师。岁有禀给，丁祭③一如中国仪。敬题一诗云：

> 洋溢声名四海驰，岛邦也解拜先师。
>
> 庙堂肃穆垂旒贵，圣教如今洽九夷。

用伸仰止之忱。

国中诸寺，以圆觉为大。渡观莲塘桥，亭供辩才天女，云即斗姥④。将入门，有池曰"圆鉴"，行藻交横，芰荷半倒，门高敞，有楼翼然。左右金刚四，规

---

① 棂星门：曲阜市孔庙的第一道大门，三间四柱火焰冲天柱式石坊，下设栅栏门。

② 启圣：即姚启圣，清代康熙年间的杰出政治家，收复台湾的决定性人物之一，极受沿海和岛屿地区人民的敬仰。

③ 丁祭：祭孔之礼。顺治二年定制，每年春、秋二次祭孔，都在第二月上旬丁日，故称丁祭。

④ 斗姥：道教信奉的女神，也是掌管人间生死罪福的天神。传说她是玉皇、紫微等九皇的母亲。

格略仿中国。佛殿七楹，更进，大殿亦七楹，名"龙
渊殿"。中为佛堂。左右奉木主，亦祀先王神位，兼祀
祧主①。左序为方丈，石序为客座。皆设席，周缘以
布，下衬极平而净，名曰"踏脚绵"。方丈前，为蓬莱
庭。左为香积厨，侧有井，名"不冷泉"。客座右，为
古松岭，异石错舛，列于松间。左厢为僧寮，右厢为
狮子窟。僧寮南，有乐楼。楼南有园，饶花木。此乃
圆觉寺之胜概也。

又有护国寺，为国王祷雨之所。龛内有神，黑而
裸，手剑立，状甚狰狞。有钟，为前明景泰七年铸。
寺后多凤尾蕉，一名铁树。又有天王寺，有钟，亦为
景泰七年铸。又有定海寺，有钟，为前明天顺三年铸。
至于龙渡寺、善兴寺、和光寺，荒废无可述者。

此邦海味，颇多特产，为中国之所罕见。一石鲏
似墨鱼，而大腹圆如蜘蛛，双须八手，攒生两肩，有
刺类海参，无足无鳞介如鲍鱼。登莱有所谓八带鱼者，

---

① 祧主：远祖。

以形考之，殆是石鮔，或即乌鲗①之别种欤？一海蛇，长三尺，僵直如朽索，色黑，状狰狞。土人云：能杀虫、疗痼、已疠，殆永州异蛇类，土俗甚重之，以为贵品。一海胆，如猬，剥皮去肉，捣成泥，盛以小瓶，可供馔。一寄生螺，大小不一，长圆各异，皆负壳而行。螺中有蟹，两螯八跪，跪四大四小，以大跪行；螯一大一小，小者常隐，大者以取食。触之则大跪尽缩，以一大螯拒户。蟹也而有螺性，《海赋》所云"璅蛣②腹蟹"，岂其类欤？《太平广记》谓"蟹入螺中"，似先有蟹，然取置碗中，以观其求脱之势，力猛壳脱，顷刻死，则又与壳相依为命。造物不测，难以臆度也。一沙蟹，阔而薄，两螯大于身，甲小而缺其前，缩两螯以补之，若无缝。八跪特短，脐无甲，尖团③莫辨。见人则凹双睛，喷水④高寸许，似善怒，养以沙水。经

---

① 乌鲗：乌贼。
② 璅蛣：一种长二三寸的小螺，腹中有蟹，合体共生，淮海人称之为"蟹奴"。
③ 尖团：雄雌。
④ 喷水：喷水。

十余日，不食亦不死。一蚶，径二尺以上，围五尺许，古人所谓"屋瓦子"，壳形凹凸，像瓦屋也。一海马肉，薄片回屈如刨，花色如片茯苓。品之最贵者不易得，得则先以献王。其状鱼身马首，无毛而有足，皮如江豚。此皆海味之特产也。

此邦果实，也有与中国不同者。蕉实状如手指，色黄，味甘，瓣如柚，亦名甘露。初熟色青，以糖覆之则黄。其花红，一穗数尺。瓤须五六出，岁实为常，实如其须之数。中国亦有蕉，不闻岁结实，亦无有抽其丝作布者，或其性殊欤？

布之原料，与制布之法，亦有与中国异者。一曰蕉布，米色，宽一尺，乃芭蕉沤抽其丝织成，轻密如罗。一曰苎布，白而细，宽尺二寸，可敌棉布。一曰丝布，白而棉软，苎经而丝纬，品之最尚者。《汉书》所谓蕉、筒、荃、葛，即此类也。一曰麻布，米色而粗，品最下矣。国人善印花，花样不一。皆剪纸为范①，加范于布，涂灰焉。灰干去范，乃着色。干而浣

---

① 范：模子。此指印花的图案。

之，灰去而花出，愈浣而愈鲜，衣敝而色不退。此必别有制法，秘不语人。故东洋花布，特重于闽也。

此邦草木，多与中国异称，惜未携《群芳谱》来，一一辩证之耳。罗汉松谓之樫木，冬青谓之福木，万寿菊谓之禅菊。铁树谓之凤尾蕉，以叶对出形似也，亦谓之海棕榈，以叶盖头形似也，有携至中华以为盆玩者，则谓之万年棕云。凤梨，开花者谓之男木，白瓣若莲，颇香烈，不实；无花者谓之女木，而实大，如瓜可食；或云即波罗密别种，球人又谓之阿咀呢。月橘谓之十里香，叶如枣，小白花，甚芳烈，实如天竹子，稍大。闻二月中，红累累满树，若火齐燃，惜余未及见也。

球阳地气多暖，时届深秋，花草不杀，蚊雷不收。荻花盛开，野牡丹二三月开，至八月复复，花累累如铃铎，素瓣、紫晕、檀心，圆而大，颇芳烈。佛桑①四季皆花，有白色，有深红、粉红二色。因得一诗，诗云：

---

① 佛桑：即扶桑。

偶随使节泛仙槎，日日春游玩物华，

天气常如二三月，山林不断四时花。

亦真情真景也。

球人嗜兰，谓之孔子花。陈宅尤多异产。有风兰，叶较兰稍长，篾竹为盆，挂风前即蕃衍。有名护兰，叶类桂而厚，稍长如指。花一箭①八九出，以四月开，香胜于兰。出名护岳岩石间，不假水土，或寄树桠，或裹以棕而悬之，无不茂。有粟兰，一名芷兰，叶如凤尾花，作珍珠状。有棒兰，绿色，茎如珊瑚，无叶，花出桠间，如兰而小，亦寄树活。又有西表松兰、竹兰之目，或致自外岛，或取之岩间，香皆不减兰也。因得一诗，诗云：

移根绝岛最堪夸，道是森森阙里花。

不比寻常凡草木，春风一到即繁华。

---

① 箭：独立伸张的花柄。

155

题诗既毕，并为写生，愧无黄筌①之妙笔耳。

沿海多浮石，嵌空玲珑，水击之，声作钟磬，此与中国彭蠡②之口石钟山相似。

闲居无可消遣，与施生弈，用琉球棋子。白者磨螺之封口石为之。内地小螺拒户有圆壳，海蝼大者，其拒户之壳，厚五六分，径二寸许，圆白如砗磲③，土人名曰"封口石"。黑者磨苍石为之。子径六分许，围二寸许，中凸而四周削，无正背面，不类云南子式。棋盘以木为之，厚八寸，四足，足高四寸，面刻棋路。其俗好弈，举棋无不定之说，颇亦有国手。局终数空眼多少，不数实子，数正同。相传国中供奉棋神，画女相如仙子，不令人见，乃国中雅尚也。

六月初八日辰刻，正副使恭奉谕祭文，及祭银焚帛，安放龙彩亭内。出天使馆东行，过久米林、泊村，

---

① 黄筌：字要叔，五代、宋初的宫廷画家，以工笔画闻名，擅画花鸟、人物、山水、墨竹。

② 彭蠡：即彭蠡湖，鄱阳湖的古称。

③ 砗磲：海洋贝壳类，为佛教七宝之一。

至安里桥即真玉桥。世孙跪接如仪，即导引入庙。礼毕，引观先王庙。正庙七楹，正中向外，通为一龛，安奉诸王神位。左昭自舜马至尚穆，共十六位，右昭自义本至尚敬，共十五位。是日，球人观者弥山匝地。男子跪于道左，女子聚立远观，亦有施帷挂竹帘者，土人云："系贵官眷属。"女皆黥首指节①为饰，甚者全黑，少者间作梅花斑。国俗不穿耳，不施脂粉，无珠翠首饰。

人家门户，多树石敢当碣，墙头多植吉姑罗或柔树，剪剔极齐整。国人呼中国为唐山，呼华人为唐人。球地皆土沙，雨过即可行，无泥泞。

奥山有却金亭，前明册使陈给事侃归时却金②，故国人造亭以表之。辨岳，在王宫东南三里许。过圆觉寺，从山脊行，水分左右，堪舆家谓之过峡，中山来脉也。山大小五峰，最高者谓之辨岳。灌木密覆，前

① 黥首指节：在面部、手指、关节处纹身、刺青。黥，古代在犯人面部刺字的刑法。
② 却金：退还谢金，不受贿赂。

有石柱二，中置栅二，外板阁二。少左，在小石塔，左右列石案五。折而东，数十级至顶，有石炉二，西祭山，东祭海岳之神，曰祝。祝谓是天孙氏第二女云。国王受封，必斋戒亲祭。正、五、九月，祭山海及护国神，皆在辨岳也。

波上、雪崎及龟山，余已游遍，而要以鹤头为最胜。随正副使往游，陟其巅，避日而坐。草色粘天，松荫匝地，东望辨岳，秀出天半，王宫历历如画。其南，则近水如湖，远山如岸。丰见城巍然突出，山南王之旧迹犹有存者。西望马齿、姑米，出没隐见，若近若远，封舟之来路也。

北俯那霸、久米，人烟辐辏①。举凡山川灵异，草木荫翳，鱼鸟沉浮，云烟变灭，莫不争奇献巧，毕集目前。乃知前日之游，殊为鲁莽。梁大夫小具盘樽，席地而饮，余亦趣仆以酒肴至。未申之交，凉风乍生，微雨将洒，乃移樽登舟。时海潮正涨，沙岸弥漫，遂由奥山南麓，折而东北。山石嵌空欲落，海燕如鸥，

---

① 辐辏：形容人或物聚集像车辐集中于车毂一样。

渔舟似织。俄而返照入山，冰轮山水，文鳐①无数，飞射潮头。与介山举觞弄月，击楫而歌，樽不空，客皆醉。越渡里村，漏已三下。却金亭前，列炬如昼，迎者倦矣。乃相与步月而归，为中山第一游焉。

泉崎桥桥下，为漫湖浒。每当晴夜，双门拱月，万象澄清，如玻璃世界，为中山八景之一。旺泉味甘，亦为中山八景之一。王城有亭，依城望远，因小憩亭中，品瑞泉，纵观中山八景。八景者，泉崎夜月，临海潮声，久米村竹篱，龙洞松涛，笋厓夕照，长虹秋霁，城岳灵泉，中岛蕉园也。亭下多棕榈、紫竹，竹丛生，高三尽余，叶如棕，狭而长，即所谓观音竹也。亭南有蚶壳，长八尺许，贮水以供盥，知大蚶不易得也。

国人浣漱不用汤②，家竖石桩，置石盂或蚶壳其上，贮水，旁置一柄筒。晓起，以筒盛水，浇而盥漱之，客至亦然。地多草，细软如毯，有事则取新沙覆

① 文鳐：即文鳐鱼，又名燕鳐鱼、飞鱼。
② 汤：热水。

之。国人取玳瑁之甲以为长簪，传到中国，率由闽粤商贩。球人不知贵，以为贱品。昆山之旁，以玉抵鹊，地使然也。

丰见山顶，有山南王第故城。徐葆光诗有"颓垣宫阙无全瓦，荒草牛羊似破村"之句。王之子孙，今为那姓，犹聚居于此。

辻山，国人读为"失山"。琉球字皆对音①，"十"、"失"无别，疑"迭"之误也。副使辑球雅，谓一字作二三字读，二三字作一字读者，皆义而非音，即所谓寄语，国人尽知之。音则合百余字或十余字为一音，与中国音迥异。国中惟读书通文理者，乃知对音，庶民皆不知也。

久米官之子弟，能言，教以汉语，能书，教以汉文。十岁称"若秀才"，王给米一石。十五剃发，先谒孔圣，次谒国王。王籍其名，谓之"秀才"，给米三石。长则选为通事②，为国中文物声名最，即明三十六

---

① 对音：在外文旁边写上本国语言，相当于音译。
② 通事：掌管呈递奏章、传达皇帝旨意等事务的官员，也指翻译人员。

姓后裔也。那霸人以商为业，多富室。明洪武初，赐
闽人三十六姓善操舟者，往来朝贡。国中久米村，梁、
蔡、毛、郑、陈、曾、阮、金等姓，乃三十六姓之裔，
至今国人重之。

与寄公谈玄理，颇有入悟处，遂与唱和成诗。法
司蔡温、紫金大夫程顺则、蔡文溥，三人诗集，有作
者气①。顺则别著《航海指南》，言渡海事甚悉。蔡温
尤肆力于古文，有《蓑翁语录》、《至言》等目，语根
经学，有道学气。出入②二氏之学，盖学朱子而未
纯者。

琉球山多瘠硗③，独宜薯。父老相传，受封之岁，
必有丰年。今岁五月稍旱，幸自后雨不愆期，卒获大
丰，薯可四收，海邦臣民，倍觉欢欣。金④曰："非受
封岁，无此丰年也。"

六月初旬，稻谷尽收。球阳地气温暖，稻常早熟，

---

① 有作者气：有艺术家的气概。作者，在艺业上有成就的人。

② 出入：差异，不相符合。

③ 瘠硗：土地坚硬而瘠薄。

④ 金：皆，咸。

种以十一月，收以五六月。薯则四时皆种，三熟为丰，四熟则为大丰。稻田少，薯田多，国人以薯为命。米则王官始得食。亦有麦豆，所产不多。五月二十日，国中祭稻神。此祭未行，稻虽登场，不敢入家也。

七月初旬，始见燕，不巢人室。中国燕以八月归，此燕疑未入中国者，其来以七月，巢必有地。别有所谓海燕，较紫燕稍大，而白其羽。有全白似鸥者，多巢岛中，间有至中国，人皆以为瑞。应潮鸡，雄纯黑、雌纯白，皆短足长尾，驯①不避人。香厓购一小犬，而毛豹斑，性灵警，与饭不食，与薯乃食，知人皆食薯矣。鼠雀最多，而鼠尤虐。亦有猫，不知捕鼠，邦人以为玩，乃知物性亦随地而变。鹰、雁、鹅、鸭特少。

枕有方如圭者，有圆如轮而连以细轴者，有如文具藏数层者，制特精，皆以木为之，率②宽三寸，高五寸，漆其外，或黑或朱，立而枕之，反侧则仆。按《礼记·少仪注》："颖，警枕也。谓之颖者，颖然警悟

---

① 驯：顺从，温顺。
② 率：大概，大抵。

也。"又，司马文正公以圆木为警枕，少睡则转而觉，乃起读书，此殆警枕之遗。

衣制皆宽博交衽①，袖广二尺，口皆不缉，特短袂，以便作事。襟率无纽带，总名衾。男束大带，长丈六尺、宽四寸以为度，腰围四五转，而收其垂于两胁间。烟包、纸袋、小刀、梳箆之属，皆怀之，故胸前襟带皱起凸然。其胁下不缝者，惟幼童及僧衣为然。僧别有短衣如背心，谓之断俗，此其慨也。

帽以薄木片为骨，叠帕而蒙之，前七层，后十一层。花锦帽远望如屋漏痕者，品最贵，惟摄政王叔国相得冠之。次品花紫帽，法司冠之。其次则纯紫。大略紫为贵，黄次之，红又次之，青绿斯下。各色又以绫为贵，绢为次。国王未受封时，戴乌纱帽，双翅，侧冲上向，盘金，朱缨垂颔，下束五色绦。至是冠皮弁②，状如中国梨园演王者便帽，前直列花瓣七，衣蟒腰玉③。

---

① 交衽：相互掩搭的衣襟。衽，衣襟。
② 皮弁：最尊贵的帽子，用皮革制成，在皮革缝隙之间缀有珠玉宝石。
③ 衣蟒腰玉：身穿蟒衣，腰系玉带。

肩舆如中国饼轿，中置大椅，上施大盖，无帷幔，辕粗而长，无绊，无横木，以八人左右肩之而行。

杜氏《通典》① 载琉球国俗，谓："妇人产必食子衣，以火自炙，令汗出。"余举以问杨文凤："然乎?"对白："火炙诚有之，食衣则否。"即今中山已无火炙俗，惟北山犹未尽改。

嫁娶之礼，固陋已甚。世家亦有以酒肴珠贝为聘者。婚时即用本国轿，结彩鼓乐而迎。不计妆奁，父母送至夫家即返。不宴客，至亲具酒贺，不过数人。《隋书》云："琉球风俗，男女相悦，便相匹偶。"盖其旧俗也。询之郑得功，郑得功曰："三十六姓初来时，俗尚末改，后渐知婚礼，此俗逐革。"今国中有夫之妇，犯奸即杀。余始悟琉球所以号守礼之国者，亦由三十六姓教化之力也。

小民有丧，则邻里聚送，观者护丧，掩毕即归。宦家则同官相知者，亦来送枢。出即归，大都不宴客。

---

① 杜氏《通典》：唐杜佑所撰《通典》，记历代典章制度沿革史，是中国历史上第一部体例完备的政书。

题主官^①率皆用僧。男书圆寂大禅定，女书禅定尼，无考姓称。近日宦家亦有书官爵者。棺制三尺，屈身而殓之。近宦家亦有长五六尺者，民则仍旧。

此邦之人，肘比华人稍短，《朝野佥载》^②亦谓人形短小似昆仑。余所见士大夫短小者固多，亦有修髯丰颐者，颀而长者。胖而腹腰十围者，前言似未足信。人体多狐臭，古所谓愠羝也。

世禄之家皆赐姓，士庶率以田地为姓，更无名，其后裔则云：某氏之子孙几男，所谓田米私姓也。

国中兵刑惟三章。杀人者死，伤人及重罪徒，轻罪罚日中晒之，计罪而定其日。国中数年无斩犯，间有犯斩罪者，又率引刀自剖腹死。

七月十五夜，开窗见人家门外，皆列火炬二。询之土人，云："国俗于十五日盆祭，预期迎神，祭后乃

---

① 题主官：即丧葬过程中的点主官，由最具名望的先生担任，主持点主、礼神、致颂词。

② 《朝野佥载》：唐代张鷟著，记述了唐代前期尤其是武则天时期朝野的遗事逸闻，内容十分广泛，多为作者耳闻目睹的社会札记。

去之。”盆祭者，中国所谓盂兰会[①]也。连日见市上小儿各手一纸幡，对立招展，作迎神状，知国俗盆祭祀先，亦大祭矣。

龟山南岸有窑，国人取车螯大蚶之壳之煅，塈[②]灰壁不及石灰，而粘过者。再东北有池，为国人煮盐处。

七月二十五日，正副使行册封礼，途中观者益众。上万松岭，迤逦而东，衢道修广，有坊，榜曰：“中山道。”又进一坊，榜曰：“守礼之邦。”世孙戴皮弁，服蟒衣，腰玉带，垂裳结佩，率百官跪迎道左。更进为欢会门，踞山巅，叠礁石为城，削磨如壁，有鸟道，无雉堞，高五尺以上，远望如聚髑髅。始悟《隋书》所谓王居多聚髑髅于其下者，乃远望误于形似，实未至城下也。城外石崖，左镌“龙冈”字，右镌“虎崒”字。王宫西向，以中国在海西，表忠顺面向之意。后东向为继世门，左南向为水门，右北向为久庆门，

① 盂兰会：农历七月初七是古人祭祀祖先的日子，也是追念在天之灵的祭日。此日焚化香纸祭祀亡灵。

② 塈：烧土为砖，此指烧灰。

再进层崖，有门西北向曰"瑞泉"。左右甬道，有左
掖、右掖二门。更进有漏西向，榜曰"刻漏"，上设铜
壶漏水。更进有门西北向，为奉神门，即王府门也。
殿廷方广十数亩，分砌二道，由甬道进至阙廷，为王
听政之所。壁悬伏羲画卦象，龙马负图立其前，绢色
苍古，微有剥蚀，殆非近代物。北宫，殿屋固朴，屋
举手可接，以处山冈，且阻海飓。面对为南宫。此日
正副使宴于北宫。大礼既成，通国欢忭①。闻国王经行
处，悉有彩饰。泉崎道旁，列盆花异卉，绕以朱栏，
中刻木作麒麟形，题曰"非龙非彪，非熊非罴，王者
之瑞兽"。天妃宫前，植大松六，叠假山四，作白鹤
二，生子母鹿三。池上结棚，覆以松枝，松子垂如葡
萄。池中刻木鲤大小五，令浮水面，环池以竹。栏旁
有坊，曰"偕乐坊"。柱悬一板，题曰："鹿濯濯，鸟
鹭鹭，牣鱼跃。"② 归而述诸副使，副使曰："此皆

---

① 欢忭：欢乐高兴。忭，喜乐的样子。
② 见《诗·大雅·灵台》："麀鹿濯濯，白鸟鹭鹭，于牣鱼跃。"濯濯，肥
美光泽。鹭鹭，羽毛洁白润泽。牣，满。

《志略》所载，事隔数十年。一字不易，可谓印版文字矣。"从客皆笑。

　　宜野湾县，有龟寿者，事继母以孝，国人莫不闻。母爱所生子，而短①龟寿于其父伊佐前，且不食以激其怒。伊佐惑之，欲死龟寿。将令深夜汲北宫，要而杀之。仆匿龟寿于家，往谏伊佐，伊佐缚而放之。且谓事已露，不可杀，乃逐龟寿。龟寿既被放，欲自尽，又恐张②母恶。值天雨雹，病不支，僵卧于路。巡官见之，近而抚其体犹温，知未死，覆以己衣，渐苏。徐诘其故，龟寿不欲扬父母之恶，饰词告之。

　　初，巡官闻孝子龟寿被放，意不平，至是见言语支吾，疑即龟寿，赐衣食令去，密访得其状，乃传集村人，系伊佐妻至，数其罪而监之。将告于王，龟寿愿以身代。巡官不忍伤孝子心，召伊佐夫妇面谕之。妇感悟，卒为母子如初。副使既为之记，余复为诗以表章之。诗云：

---

①　短：缺点。此指说坏话。

②　张：声张，张扬。

辒轩问欲到球阳，潜德端须为阐扬。

诚孝由来能感格，何殊闵损与王祥。

以为事继母而不能尽孝者劝。

经迭山墟，方集，因步行集中。观所市物，薯为多，亦有鱼、盐、酒、菜、陶、木器、蕉苎土布，粗恶无足观者。国无肆店①，率业于其家，市货以有易无，不用银钱。闻国中率用日本宽永钱，此来亦不见。昨香厓携示串钱，环如鹅眼，无轮廓，贯以绳，积长三寸许，连四贯而合之，封以纸，上有钤记。此球人新制钱，每封当大钱十。盖国中钱少，宽永钱②铜质较美，恐或有人买去，故收藏之，特制此钱应用。市中无钱以此。

国中男逸女劳，无有肩担背负者。赶集、织纴及

---

① 肆店：店铺。

② 宽永钱：日本历史上铸量最大、铸期最长、版别最多的一种钱币，也是流入我国数量最多的外国钱币之一。

采薪、运水，皆妇人主之，凡物皆戴之顶。女衣既无钮无带，又不束腰，而国俗男女皆无袴①，势须以手曳襟。襟较男衣长，叠襟下为两层，风不得开。因悟髻必偏坠者，以手既曳襟，须空其顶以戴物。童而习之②，虽重百觔，登山涉涧，无倾侧，是国中第一绝技也。其动作也，常卷两袖至背，贯绳而束之。发垢辄洗，洗用泥，脱衣结于腰，赤身低头，见人亦不避。抱儿惟一手，又置腰间，即藉以曳襟。

东苑在崎山，出欢会门，折而北。逐瑞泉下流，至龙渊桥，汇而为池。广可十丈，长可数十丈。捍以堤，曰"龙潭"。水清鱼可数，荷叶半倒。再折而东，有小村，篠屏修整，松盖阴翳，薄云补林，微风啸竹，园外已极幽趣。

入门，板亭二，南向。更进而南，屋三楹，亭东有阜③如覆盂。折而南，有岩西向，上镌梵字，下蹲石

---

① 袴：同"绔"，即裤子。

② 童而习之：从幼年就开始学习、练习。

③ 阜：土山。

狮一，饰以五彩。再下，有小方池，凿石为龙首，泉从口出，有金鱼池，前竹万竿，后松百挺。再东，为望仙阁。前有东苑阁，后为能仁堂。东北望海，西南望山，国中形胜，此为第一。

南苑之胜，亦不减于东苑。苑中马富盛。折而东，循行阡陌间，水田漠漠，番薯油油，绝无秋景。薯有新种者，问知已三收矣。再入山，松荫夹道，茅屋参差，田家之景可画。计十余里，始入苑村，名姑场川，即同乐苑也。

苑踞山脊，轩五楹，夹室为复阁，颇曲折。轩前有池，新凿，狭而东西长，叠礁为桥。桥南新阜累累，因阜以为亭，宜远眺。亭东，植奇花异卉。有花绝类蝴蝶，绛红色，叶如嫩槐，曰"蝴蝶花"。有松叶如白毛，曰"白发松"。

池东，旧有亭圮①，以布代之②。池西有阁，颇轩敞，四面风来，宜纳凉。有阁曰"迎晖"，有亭曰"一

---

① 圮：桥。
② 以布代之：用绘画和搭建的布景代替。

览"，即正副使所题也。轩北有松，有凤蕉，有桃，有柳。黄昏举烟火，略同中国。

余偕寄尘游波上，板阁无他神，惟挂铜片幡，上凿"奉寄御币"字，后署云：元和二年壬戌。或疑为唐时物，非也。按元和二年为丁亥，非壬戌也。日本马场信武撰《八封通变指南》，内列《三元指掌》，云："上元起永禄七年甲子，止元和三年癸亥。"如元起宽永元年甲子，止元和三年癸亥，下元起贞享元年甲子，今元禄十六年癸未。国中既行宽永钱，证以元和日本僭号，知琉球旧曾奉日本正朔①，今讳言之欤。

纸鸢制无精巧者。儿童多立屋上放之。按中国多放于清明前，义取张口仰视，宣导阳气，令小儿少疾。今放于九月，以非九月纸鸢不能上，则风力与中国异。即此可验球阳气暖，故能十月种稻。

国俗男欲为僧者听②，既受戒，有禀给。有犯戒者，饬令还俗，放之别岛。女子愿为土妓者亦听，接

---

① 正朔：正宗，此指真正的宗主国。

② 听：听任，遵从他的意见，不加干预。

交外客，女之兄弟，仍与外客叙亲往来，然率皆贫民，故不以为耻。若已嫁夫而复敢犯奸者，许女之父兄自杀之，不以告王，即告王，王亦不赦。此国中良贱之大防，所以重廉耻也。

此邦有红衣妓，与之言不解。按拍清歌，皆方言也。然风韵亦正有佳者，殆不减憨园。近忽因事他迁，以扇索诗，因题二诗以赠之。诗云：

> 芳龄二八最风流，楚楚腰身剪剪眸。
> 手抱琵琶浑不语，似曾相识在苏州。

> 新愁旧眼感千端，再见真如隔世难。
> 可惜今宵好明月，与谁共卷乡帘看？

国人率恭谨，有所受，必高举为礼；有所敬，则俯身搓手，而后膜拜。劝尊者酒，酌而置杯于指尖以为敬，平等则置手心。

此邦屋俱不高，瓦必甋，以避飓也。地板必去地三尺，以避湿也。屋脊四出，如八角亭。四面接修，更无重构复室，以省材也。屋无门户，上限刻双沟，设方格，糊以纸，左右推移。更不设暗闩，利省便，恃无盗也。临街则设矣。神龛置青石于炉，实以砂，祀祖神也。国以石为神，无传真也。瓦上瓦狮，《隋书》所谓兽头骨角也。壁无粉墁①，示朴也。贵家间有糊研②粉花笺，习华风，渐奢也。

龟山有峰独出，与众山绝。前附小峰，离约二丈许。邦人驾石为洞，连二山，高十丈余，结布幔于洞东。不憩，拾级而登，行洞上，又十余级，乃陟巅。巅恰容一楼，楼无名，四面轩豁，无户牖。副使谓余曰："兹楼俯中山之全势，不可无名。"因名之曰"蜀楼"，并为之跋，曰："蜀者何？独也。楼何以蜀名？以其踞独山也。"不曰独而曰蜀者，以副使为蜀人。楼构已百年，而副使乃名之，若有待也。楼左瞰青畴，右扶苍石，后临大海，前揖中山，坐其中以望，若建

---

① 粉墁：粉刷。墁，涂抹，粉饰

② 糊研：粘贴并碾压平整光滑。研，用石块碾压或摩擦皮革、布帛等，使紧实而光亮。

瓴①焉。余又请于副使曰："额不可无联。"副使因书前四语付之。归路，循海而西。崖洞溪壑，皆奇峭，是又一胜游矣。

越南山，度丝满村，人家皆面海。奇石林立，遵海而西。有山，翠色攒空，石骨穿海，曰"砂岳"。时午潮初退，白石粼粼，群马争驰，飞溅如雨。再西，度大岭村，丛棘为篱，鱼网数百晒其上。村外水田漠漠，泥淖陷马，有牛放于冈。汪录谓马耕无牛，今不尽然也。

本岛能中山语者，给黄帽，为酋长。岁遣"亲云上"② 监抚之，名奉行官，主其赋讼，各赋其土之宜，以贡于王。间切者，外府之谓。首里、泊、久来、那霸四府为王畿，故不设，此外皆设。职在亲民，察其村之利弊，而报于"亲云上"。间切，略如中国知府。中山属府十四、间切十。山南省属府十二，山北省属府九，间切如其府数。

国俗自八月初十至十五日，并蒸米，拌赤小豆，

① 建瓴：形容居高临下。
② 亲云上：对居于首都、出身外阜的三品以下官员的统称。

为饭相饷，以祭月，风同中国。是夜，正副使邀从客露饮。月光澄水，天色拖蓝，风寂动息，潮声杂丝肉声，自远而至，恍置身三山，听子晋①吹笙，麻姑②度曲，万缘俱静矣。宇宙之大，同此一月。回忆昔日萧爽楼中，良宵美景轻轻放过，今则天各一方，能无对月而兴怀乎？

世传八月十八日为潮生辰，国俗于是夜候潮波上。子刻，偕寄尘至波上。草如碧毯，沾露愈滑，扶仆行，凭垣倚石而坐。丑刻，潮始至。若云峰万叠，卷海飞来。须臾，腥气大盛，水怪掣风，金蛇掣电，天柱欲折，地轴暗摇，雪浪溅衣，直高百尺，未敢遽窥鲛宫，已若有推而起之者。迷离惝恍，千态万状。观此，乃知枚乘《七发》③犹形容未尽也。潮既退，始闻嘈吰④

---

① 子晋：神话人物王子乔，字子晋，相传为周灵王太子，喜吹笙作凤凰鸣，后升仙。

② 麻姑：神女，自称"已见东海三次变为桑田"，故古时以麻姑喻高寿。

③ 枚乘：字叔，西汉辞赋家，代表作《七发》标志着汉代散体大赋的正式形成。

④ 嘈吰：拟声词，形容钟鼓的声音。

之声出礁石间，徐步至扩国寺，尚似有雷霆震耳。潮至此，观止矣。

元旦至六日，贺节。初五日，迎灶。二月，祭麦神。十二月，浚井，汲新水，俗谓之洗百病。三月三日，作艾糕。五月五日，竞渡。六月六日，国中作六月节，家家蒸糯米，为饭相饷。十二月八日，作糯米糕，层裹棕叶，蒸以相饷，名曰"鬼饼"。二十四日，送灶。正、三、五、九为吉月，妇女率游海畔，拜水神祈福。逢朔日，群汲新水献神，此其略也。余独疑国俗敬佛，而不知四月八日为佛诞辰；腊八鬼饼如角黍，而不知七宝粥。

国王送菊二十余盘，花叶并茂，根际皆以竹签标名，内三种尤异类。一名"金锦"，朵兼红、黄、白三色，小而繁，灿如列星。一名"重宝"，瓣如莲而小，色淡红。一名"素球"，瓣宽，不类菊，重叠千层，白如雪，皆所未见者。媵之以诗，诗云：

陶篱韩圃多秋色，未必当年有此花。
似汝幽姿真可惜，移根无路到中华。

　　见狮子舞，布为身，皮为头，丝为尾，剪彩如毛饰其外，头尾口眼皆活，镀睛贴齿，两人居其中，俯仰跳跃，相驯狎欢腾状。余曰："此近古乐矣。"按《旧唐书·音乐志》，后周武帝时，选太平乐，亦谓之五方狮子舞。白乐天《西凉伎》云："假面夷人弄狮子，刻木为头丝作尾；金镀眼睛贴齿，奋迅毛衣罢双耳。"即此舞也。

　　此邦有所谓"踏桩戏"者，横木以为梁，高四尺余，复置板而横之，长丈有二尺，虚其两端，均力焉。夷女二，结束衣采，赤双足，各手一巾，对立相视而歌。歌未竟，跃立两端。稍作低昂①，势若水碓②之起伏，渐起渐高。东者陡落而激之，则西飞起三丈余，翩翩若轻燕之舞于空也；西者落而陡激之，则东者复起，又如鸷鸟之直上青云也。叠相起伏，愈激愈疾，几若山鸡舞镜，不复辨其孰为影，孰为形焉。俄焉，

---

① 低昂：起伏，时高时低。

② 水碓：用水作动力带动石碓加工粮食的机械设备。

势渐衰，机渐缓，板末乃安，齐跃而下，整衣而立。终戏，无虚蹈方寸者，技至此绝矣。

接送宾客颇真率，无揖让之烦。客至不迎，随意坐；主人即具烟架、火炉、竹筒、木匣各一，横烟管其上，匣以烟，筒以弃灰也。遇所敬客，乃烹茶，以细末粉少许，杂茶末，入沸水半瓯，搅以小竹帚，以沫满瓯面为度。客去，亦不送。贵官劝客，常以箸[①]蘸浆少许，纳客唇以为敬。烧酒着黄糖则名福，着白糖则名寿，亦劝客之一贵品也。

重阳具龙舟竞渡于龙潭。琉球亦于五月竞渡，重阳之戏，专为宴天使而设。因成三诗以志之，诗云：

> 故园辜负菊花黄，万里迢迢在异乡。
> 舟泛龙潭看竞波，重阳错认作端阳。

> 去年秋在洞庭湾，亲插黄花插翠鬟。
> 今日登高来海外，累伊独上望夫山。

---

① 箸：同"箸"，筷子。

待将风信泛归槎，犹及初冬好到家。

已误霜前开菊宴，还期雪里访梅花。

闻程顺则曾于津门购得宋朱文公①墨迹十四字，今其后裔犹宝之，借观不得，因至其家。开卷，见笔势森严，如奇峰怪石，有岩岩不可犯之色，想见当日道学气象。字径八寸以上，文曰："香飞翰苑围川野，春报南桥叠萃新。"后有名款，无岁月。文公墨迹流传世间者，莫不宝而藏之。盖其所就者大，笔墨乃其余事，而能自成一家言如此，知古人学力无所不至也。

又游蔡清派家祠。祠内供蔡君谟画像，并出君谟墨迹见示。知为君谟的派。由明初至琉球，为三十六姓之一。清派能汉语，人亦倜傥。由祠至其家，花木俱有清致，池圆如月，为额其室，曰"月波大屋"。大抵球人工剪剔树木，叠砌假山，故士大夫家率有丘壑以供游览。庭中树长竿，上置小木舟，长二尺，桅舵帆橹皆备。首尾风轮五叶，挂色旗以候风。渡海之家，

---

① 朱文公：即朱熹。

率预计归期。南风至，则合家欢喜，谓行人当归，归则撤之，即古五两旗①遗意。

国王有墨长五寸，宽二寸。有老坑端砚，长一尺，宽六寸，有"永乐四年"字；砚背有"七年四月东坡居士留赠潘邠老"字。问知为前明受赐物。国中有东坡诗集，知王不但宝其砚矣。

棉纸、清纸，皆以谷皮为之，恶不中书者。有护书纸，大者佳，高可三尺许，阔二尺，白如玉，小者减其半。亦有印花诗笺，可作札。别有围屏纸，则糊壁用矣。徐葆光球纸诗云："冷金入手白于练，侧理海涛凝一片。昆刀截截径尺方，叠雪千层无幂面。"形容殆尽。

南炮台间，有碑二。一正书，剥蚀甚微，奉书造三字。一其国学书，前朝嘉靖二十一年建。惟不能尽识，其笔力正自遒劲飞舞。

有木曰"山米"，又名"野麻姑"，叶可染，子如女贞，味酸，土人榨以为醋。球醋纯白，不甚酸，供

---

① 五两旗：风信旗。

者以为米醋，味不类，或即此果所榨欤？

席地坐，以东为上，设毡。食皆小盘，方盈尺，着两板为脚，高八寸许。肴凡四进，各盘贮而不相共。三进皆附以饭，至四肴乃进酒二，不过三巡。每进肴止一盘，必撤前肴而进其次肴。饭用油煎面果，次肴饭用沙米花，三肴用饭。每供肴酒，主人必亲手高举，置客前，俯身搓手而退。终席，主人不陪，以为至敬。此球人宴会尊客之礼，平等乃对饮。大要球俗，席皆坐地，无椅桌之用。食具如古俎豆①，肴尽干制，无所用勺。虽贵官家食，不过一肴、一饭、一箸，箸多削新柳为之。即妻子不同食，犹有古人之遗风焉。

使院敷命堂后，旧有二榜。一书前明册使姓名。

洪武五年，封中山王察度，使行人汤载。

永乐二年，封武宁，使行人时中。

洪熙元年，封巴志，使中官柴山。

正统七年，封尚忠，使给事中俞忭，行人刘逊。

十三年，封尚思达，使给事中陈传，行人万祥。

---

① 俎豆：古代祭祀、宴客用的器具。

景泰二年，封尚景福，使给事中乔毅，行人童守宏。

六年，封尚泰久，使给事中严诚，行人刘俭。

天顺六年，封尚德，使吏科给事中潘荣，行人蔡哲。

成化六年，封尚圆，使兵科给事中官荣，行人韩文。

十三年，封尚真，使兵科给事中董旻，行人司司副张祥。

嘉靖七年，封尚清，使吏科给事中陈侃，行人高澄。

四十一年，封尚元，使吏科左给事中郭汝霖，行人李际春。

万历四年，封尚永，使户科左给事中肖崇业，行人谢杰。

二十九年，封尚宁，使兵科右给事中夏子阳，行人王士正。

崇祯元年，封尚丰，使户科左给事中杜三策，行人司司正杨伦。

凡十五次，二十七人。柴山以前，无副也。

一书本朝册使姓名：

康熙二年，封尚质，使兵科副理官张学礼，行人王垓。

二十一年，封尚贞，使翰林院检讨汪楫，内阁中书舍人林麟焻。

五十八年，封尚敬，使翰林院检讨海宝，翰林院编修徐葆光。

乾隆二十一年，封尚穆，使翰林院侍讲全魁、翰林院编修周煌。

凡四次，共八人。

清明后，南风为常；霜降后，南北风为常，反是飓颶将作。正、二、三月多飓，五、六、八月多颶。飓聚发而倏止，颶渐作而多日。九月，北风或连月，俗称"九降风"。间有颶起，亦骤如飓。遇飓犹可，遇颶难当。十月后多北风，飓颶无定期，舟人视风隙以来往。凡飓将至，天色有黑点，急收帆，严舵以待，迟则不及，或至倾覆。颶将至，天边断虹若片帆，曰"破帆"；稍及半天如鲨尾，曰"屈鲨"。若见北方尤虐，又海面骤变，多秽如米糠，及海蛇浮游，或红蜻蜓飞绕，皆飓风征。

自来球阳，忽已半年，东风不来，欲归无计。十月二十五日，乃始扬帆返国。至二十九日，见温州南杞山。少顷，见北杞山，有船数十只泊焉。舟人皆喜，以为此必迎护船也。守备登后艄以望，惊报曰："泊者贼船也！"又报："贼船皆扬帆矣！"未几，贼船十六只吆喝而来。我船从舵门放子母炮，立毙四人，击喝者堕海，贼退。枪并发，又毙六人，复以炮击之，毙五人。稍进，又击之，复毙四人，乃退去。其时贼船已占上风①，暗移子母炮至舵右舷边，连毙贼十二人，焚其头篷，皆转舵而退。中有二船较大，复鼓噪，由上风飞至。大炮准对贼船，即施放，一发中其贼首，烟迷里许。既散，则贼船已尽退。是役也，枪炮俱无虚发，幸免于危。

不一时，北风又至，浪飞过船。梦中闻舟人哗曰："到官塘矣！"

---

① 上风：即上风处，风刮来的那一方。

惊起，从客皆一夜不眠，语余曰："险至此，汝尚能睡耶？"

余问其状，曰："每侧则篷皆卧水，一浪盖船，则船身入水，惟闻瀑布声垂流不息。其不覆者，幸耶！"

余笑应之曰："设①覆，君等能免乎？余入黑甜乡②，未曾目击其险，岂非幸乎？"

盥后，登战台视之，前后十余灶皆没，船面无一物，爨火断矣。

舟人指曰："前即定海，可无虑矣。"

申刻乃得泊，船户登岸购米薪，乃得食。

是夜修家书，以尉芸之悬系，而归心益切。犹忆昔年，芸尝谓余："布衣菜饭，可乐终身，不必作远游。"此番航海，虽奇而险，濒危幸免，始有味乎芸之言也。

---

① 设：假如，如果。
② 黑甜乡：俗谓睡为黑甜。后称睡梦中的境界为"黑甜乡"。

卷六　　养生记道①

自芸娘之逝，戚戚无欢。春朝秋夕，登山临水，极目伤心，非悲则恨。读《坎坷记愁》，而余所遭之拂逆②可知也。

静念解脱之法，行将辞家远去，求赤松子③于世外。嗣以淡安、揖山两昆季之劝，遂乃栖身苦庵，惟以《南华经》自遣。乃知蒙庄鼓盆而歌④，岂真忘情哉，无可奈何而翻作达⑤耳。

余读其书，渐有所悟。读《养生主》而悟达观之

---

① 有的版本为"养生记逍"。

② 拂逆：违背；不顺。

③ 赤松子：又名赤诵子，号左圣南极南岳真人左仙太虚真人，秦汉传说中的上古仙人。

④ 蒙庄鼓盆而歌：蒙庄，即庄子。庄子的妻子死了，惠子前去凭吊，却见庄子坐在地上敲着瓦盆唱歌。

⑤ 达：达观，乐观豁达。

士，无时而不安，无顺而不处，冥然与造化为一。将
何得而何失，孰死而孰生耶？故任其所受，而哀乐无
所措①其间矣。又读《逍遥游》而悟养生之要，惟在
闲放不拘，怡适自得而已。始悔前此之一段痴情，得
勿作茧自缚矣乎！此《养生记道》之所以为作也，亦
或采前贤之说以自广②。扫除种种烦恼，惟以有益身心
为主，即蒙庄之旨也。庶几可以全生，可以尽年。

　　余年才四十，渐呈衰象。盖以百忧摧撼，历年郁
抑，不无闷损。淡安劝余每日静坐数息，仿子瞻③《养
生颂》之法，余将遵而行之。调息之法，不拘时候，
兀身④端坐，子瞻所谓摄身使如木偶也。解衣缓带，务
令适然。口中舌搅数次，微微吐出浊气，不令有声，
鼻中微微纳之，或三五遍，二七遍，有津咽下，叩齿
数通，舌抵上腭，唇齿相着，两目垂帘，令胧胧然渐
次调息。不喘不粗，或数息出，或数息入，从一至十，

---

① 措：放置，安放。
② 广：扩大，扩充。
③ 子瞻：即苏轼，字子瞻。
④ 兀身：挺直身躯。兀，高而突起。

从十至百，摄心在数，勿令散乱，子瞻所谓寂然、兀然与虚空等也。如心息相依，杂念不生，则止勿数，任其自然，子瞻所谓随也。坐久愈妙，若欲起身，须徐徐舒放手足，勿得遽起。能勤行之，静中光景，种种奇特，子瞻所谓定能生慧，自然明悟，譬如盲人忽然有眼也。直可明心见性，不但养身全生而已。出入绵绵，若存若亡，神气相依，是为真息。息息归根，自能夺天地之造化，长生不死之妙道也。

人大言，我小语；人多烦，我少记；人悸怖，我不怒。淡然无为，神气自满，此长生之药。《秋声赋》① 云："而况思其力之所不及，忧其智之所不能。宜其渥然②丹者为槁木，黟然③黑者为星星。"此士大夫通患也。又曰："百忧感其心，万事劳其形。有动乎中，必摇其精。"人常有多忧多思之患。方壮遽老，方老遽衰，反此亦长生之法。

---

① 《秋声赋》：北宋欧阳修晚年所作，抒发了作者难有作为的郁闷心情，以及自我超脱的愿望。

② 渥然：色泽红润的样子。

③ 黟然：颜色乌黑的样子。

舞衫歌扇，转眼皆非；红粉青楼，当场即幻。秉灵烛以照迷情，持慧剑以割爱欲，殆非大勇不能也。然情必有所寄，不如寄其情于卉木，不如寄其情于书画，与对艳妆美人何异？可省却许多烦恼。

范文正有云："千古圣贤，不能免生死，不能管后事，一身从无中来，却归无中去。谁是亲疏？谁能主宰？既无奈何，即放心逍遥，任委来往。如此断了，既心气渐顺，五脏亦和，药方有效，食方有味也。只如安乐人，勿有忧事，便吃食不下，何况久病？更忧身死，更忧身后，乃在大怖中，饮食安可得下？请宽心将息"云云。乃劝其中舍三哥之帖。余近日多忧多虑，正宜读此一段。

放翁①胸次广大，盖与渊明②、乐天、尧夫③、子瞻等，同共旷逸。其于养生之道，千言万语，真可谓有道之士。此后当玩索陆诗，正可疗余之病。

---

① 放翁：即陆游。

② 渊明：即陶渊明。

③ 尧夫：北宋理学家邵雍，字尧夫，又称安乐先生，谥号康节，后世称邵康节。传说他的卜术很准。

　　渼浴^①极有益。余近制一大盆，盛水极多，渼浴后，至为畅适。东坡诗所谓"淤槽漆斛江河倾，本来无垢洗更轻"，颇领略得一二。

　　治有病，不若治于无病。疗身，不若疗心。使人疗，尤不若先自疗也。林鉴堂诗曰：

　　　　自家心病自家知，起念还当把念医。

　　　　只是心生心作病，心安那有病来时。

此之谓自疗之药。游心于虚静，结志于微妙，委虑于无欲，指归于无为，故能达生延命，与道为久。

　　《仙径》以精、气、神为内三宝，耳、目、口为外三宝。常令内三宝不逐物而流，外三宝不诱中而扰。重阳祖师^②于十二时中，行、住、坐、卧，一切动中，要把心似泰山，不摇不动。谨守四门：眼、耳、鼻、

---

① 渼浴：洗澡，方言。

② 重阳祖师：即王重阳，中国道教分支全真教的始创人，后被尊为道教的北五祖之一。

口。不令内入外出，此名养寿紧要。外无劳形之事，内无思想之患，以恬愉为务，以自得为功，形体不敝，精神不散。

益州老人尝言："凡欲身之无病，必须先正其心。使其心不乱求，心不狂思，不贪嗜欲，不着迷惑，则心君泰然矣。心君泰然，则百骸四体虽有病，不难治疗。独此心一动，百患为招，即扁鹊、华佗在旁，亦无所措手矣。"

林鉴堂先生有《安心诗》六首。真长生之要诀也。诗云：

我有灵丹一小锭，能医四海群迷病。

些儿吞下体安然，管取延年兼接命。

安心心法有谁知，却把无形妙药医。

医得此心能不病，翻身跳入太虚①时。

---

① 太虚：空寂玄奥之境。《红楼梦》："太虚幻境，即是真如福地。"

念杂由来业障多，憧憧扰扰竟如何。

驱魔自有玄微诀，引入尧夫安乐窝。

人有二心方显念，念无二心始为人。

人心无二浑无念，念绝悠然见太清①。

这也了时那也了，纷纷攘攘皆分晓。

云开万里见清光，明月一轮圆皎皎。

四海遨游养浩然，心连碧水水连天。

津头自有渔郎问，洞里桃花日日鲜。

　　禅师与余谈养心之法，谓心如明镜，不可以尘之也；又如止水，不可以波之也②。此与晦庵所言学者常要提醒此心，惺惺不寐，如日中天，群邪自息，其旨正同。又言目毋妄视，耳毋妄听，口毋妄言，心毋妄

---

① 太清：天道，自然。

② 尘之：使之蒙尘。波之：使之泛波。

动，贪嗔痴爱，是非人我，一切放下。未事不可先迎，遇事不宜过扰，既事不可留住，听其自来，应以自然，信其自去，忿懥①恐惧，好乐忧患，皆得其正。此养心之要也。

王华子曰："斋者，齐也。齐其心而洁其体也，岂仅茹素②而已。所谓齐其心者，淡志寡营，轻得失，勤内省，远荤酒；洁其体者，不履邪径，不视恶色，不听淫声，不为物诱。入室闭户，烧香静座，方可谓之斋也。诚能如是，则身中之神明自安，升降不碍，可以却病，可以长生。"

余所居室，四边皆窗户，遇风即阖，风息即开。余所居室，前帘后屏，太明即小帘，以和其内映；太暗则卷帘，以通其外耀。内以安心，外以安目，心目俱安，则身安矣。

禅师称③二语告我曰："未死先学死，有生即杀

---

① 忿懥：愤怒。懥，怒也。

② 茹素：不沾油荤，吃素。

③ 称：衡量，权衡。此指仔细选择。

生。"有生，谓妄念初生；杀生，谓立予铲除也。此与孟子勿忘勿助之功相通。孙真人①《卫生歌》云：

卫生切要知三戒，大怒大欲并大醉。

三者若还有一焉，须防损失真元气。

又云：

世人欲知卫生道，喜乐有常嗔怒少。

心诚意正思虑除，理顺修身去烦恼。

又云：

醉后强饮饱强食，未有此生不成疾。

入资饮食以养身，去其甚者自安适。

---

① 孙真人：孙思邈，唐朝著名的医学家、药物学家、道士，被誉为药王，后世奉之为医神。

又蔡西山①《卫生歌》云：

何必餐霞饵大药，忘意延岁等龟鹤。

但于饮食嗜欲间，去其甚者将安乐。

食后徐行百步多，两手摩胁并胸腹。

又云：

醉眠饱卧俱无益，渴饮饥餐尤戒多。

食不欲粗并欲速，宁可少餐相接续。

若教一顿饱充肠，损气伤脾非尔福。

又云：

饮酒莫教令大醉，大醉伤神损心志。

酒渴饮水并啜茶，腰脚自兹成重坠。

---

① 蔡西山：蔡元定，南宋著名理学家、律吕学家、堪舆学家，朱熹理学
的主要创建者之一，人称"西山先生"。

又云：

> 视听行坐不可久，五劳七伤从此有。
> 四肢亦欲得小劳，譬如户枢终不朽。

又云：

> 道家更有颐生旨，第一戒人少嗔恚①。

凡此数言，果能遵行，功臻旦夕，勿谓老生常谈也。

洁一室，开南牖，八窗通明。勿多陈列玩器，引乱心目。设广榻、长几各一，笔砚楚楚。旁设小几一，挂字画一幅，频换。几上置得意书一二部，古帖一本，古琴一张。心目间常要一尘不染。

晨入园林，种植蔬果，芟草，灌花，莳药。归来入室，闭目定神。时读快书，怡悦神气；时吟好诗，

---

① 嗔恚：仇视、怨恨和损害他人的心理。

畅发幽情。临古帖，抚古琴，倦即止。知己聚谈，勿及时事，勿及权势，勿臧否人物，勿争辩是非。或约闲行，不衫不履，勿以劳苦徇礼节。小饮勿醉，陶然而已。诚然如有，亦堪乐志。以视夫蹩足入绊，申胫①就羁，游卿相之门，有簪佩之累，岂不宵壤之悬哉！

太极拳非他种拳术可及。太极二字已完全包括此种拳术之意义。太极乃一圆圈，太极拳即由无数圆圈联贯而成之一种拳术。无论一举手，一投足，皆不能离此圆圈，离此圆圈，便违太极拳之原理。四肢百骸，不动则已，动则皆不能离此圆圈，处处成圆，随虚随实。练习以前，先须存神纳气，静坐数刻，并非道家之守窍也。只须屏绝思虑，务使万缘俱静，以缓慢为原则，以毫不使力为要义，自首至尾，联绵不断。相传为辽阳张通，于洪武②初奉召入都，路阻武当，夜梦异人，授以此种拳术。余近年从事练习，果觉身体较

----

① 胫：脖子，也借指头、头颅。

② 洪武：明朝开国皇帝朱元璋的年号，从1367年至1398年。朱元璋亦称洪武大帝。

健，寒暑不侵，用以卫生，诚有益而无损者也。

省多言，省笔札，省交游，省妄想，所一息不可省者，居敬养心耳。杨廉夫①有《路逢三叟》词云：

> 上叟前致词，大道抱天全。
> 中叟前致词，寒暑每节宣。
> 下叟前至词，百年半单眠。

尝见后山②诗中一词亦此意。盖出应璩③，璩诗曰：

> 昔有行道人，陌上见三叟。
> 年各百岁余，相与锄禾麦。
> 往前问三叟，何以得此寿？
> 上叟前致词，室内姬粗丑。
> 二叟前致词，旦腹节所受。

---

① 杨廉夫：杨维祯，字廉夫，号铁崖、东维子，元代文学家、书法家。
② 后山：陈师道，字履常，一字无己，号后山居士，北宋江西诗派重要作家，有《后山词》。
③ 应璩：字休琏，三国时曹魏文学家。

　　下叟前至词，夜卧不覆首。

　　要哉三叟言，所以能长久。

　　古人云："比上不足，比下有余。"此最是寻乐妙法也。将啼饥者比，则得饱自乐；将号寒者比，则得暖自乐；将劳役者比，则优闲自乐；将疾病者比，则康健自乐；将祸患者比，则平安自乐；将死亡者比，则生存自乐。白乐天诗有云：

　　蜗牛角内争何事，石火光中寄此身。

　　随富随贫且欢喜，不开口笑是痴人。

近人诗有云：

　　人生世间一大梦，梦里胡为苦认真。

　　梦短梦长俱是梦，忽然一觉梦保存。

与乐天同一旷达也！

　　"世事茫茫，光阴有限，算来何必奔忙？人生碌碌，竞短论长，却不道荣枯有数，得失难量。看那秋风金谷，夜月乌江，阿房宫冷，铜雀台①荒，荣华花上露，富贵草头霜。机关参透，万虑皆忘，夸甚么龙楼凤阁，说甚么利锁名缰。闲来静处，且将诗酒猖狂，唱一曲归来未晚，歌一调湖海茫茫。逢时遇景，拾翠寻芳，约几个知心密友，到野外溪傍。或琴棋适性，或曲水流觞，或说些善因果报，或论些今古兴亡。看花枝堆锦绣，听鸟语弄笙簧。一任他人情反复，世态炎凉。优游闲岁月，潇洒度时光。"此不知为谁氏所作，读之而若大梦之得醒，热火世界一贴清凉散也。

程明道②先生曰："吾受气甚薄，因厚为保生。至三十而浸盛③，四十五十而浸盛，四十五十而后完。今生七十二年矣，较其筋骨，于盛年无损也。若人待老

---

① 铜雀台：位于河北临漳县境内，三国时曹操击败袁绍后修建了铜雀、金虎、冰井三台。

② 程明道：程颢，字伯淳，人称明道先生，宋代教育家、思想家，"程朱理学"的创始人之一。与弟程颐开创"洛学"，奠定了理学基础，世称"二程"。

③ 浸盛：逐渐强盛。浸，渐渐。

而保生，是犹贫而后蓄积，虽勤亦无补矣。"

口中言少，心头事少，肚里食少，有此三少，神仙可到。酒宜节饮，忿宜速惩，欲宜力制，依此三宜，疾病自稀。

病有十可却①：静坐观空，觉四大原从假合，一也。烦恼现前，以死譬之，二也。常将不如我者，巧自宽解，三也。造物劳我以生，遇病少闲，反生庆幸，四也。宿孽现逢，不可逃避，欢喜领受，五也。家室和睦，无交谪之言，六也。众生各有病根，常自观察克治，七也。风寒谨防，嗜欲淡薄，八也。饮食宁节毋多，起居务适毋强，九也。觅高明亲友，讲开怀出世之谈，十也。

邵康节居安乐窝中，自吟曰：

> 老年肢体索温存，安乐窝中别有春。
> 万事去心闲偃仰，四肢由我任舒伸。
> 炎天傍竹凉铺簟，寒雪围炉软布茵。

---

① 却：退，除。

昼数落花聆鸟语，夜邀明月操琴音。

食防难化常思节，衣必宜温莫懒增。

谁道山翁拙于用，也能康济自家身。

养生之道，只"清净明了"四字。内觉身心空，外觉万物空，破诸妄想，一无执着，是曰"清净明了"。

万病之毒，皆生于浓。浓于声色，生虚怯病；浓于货利，生贪饕病；浓于功业，生造作病；浓于名誉，生矫激病。噫，浓之为毒甚矣！樊尚默①先生以一味药解之，曰"淡"。云白山青，川行石立，花迎鸟笑，谷答樵讴，万境自闲，人心自闹。

岁暮访淡安，见其凝尘满室，泊然处之，叹曰："所居，必洒扫涓洁，虚室以居，尘嚣不杂。斋前杂树花木，时观万物生意。深夜独坐，或启扉以漏月光，至昧爽，但觉天地万物，清气自远而届，此心与相流

---

① 樊尚默：樊镇，字主实，清代书画家，一生专心探讨人体要旨，研究强身养生等各种方法。

通，更无窒碍。今室中芜秽不治，弗以累心，但恐于神爽未必有助也。"

余年来静坐枯庵，迅扫夙习。或浩歌长林，或孤啸幽谷，或弄艇投竿于溪涯湖曲，捐耳目，去心智，久之似有所得。陈白沙①曰："不累于外物，不累于耳目，不累于造次颠沛，鸢飞鱼跃，其机在我。"知此者谓之善学，抑亦养寿之真决也。

圣贤皆无不乐之理。孔子曰："乐在其中。"颜子②曰："不改其乐。"孟子以"不愧不怍"为乐。《论语》开首说"乐"，《中庸》言"无入而不自得"，程朱③教寻孔、颜乐趣，皆是此意。圣贤之乐，余何敢望，窃欲仿白傅④之"有叟在中，白须飘然，妻孥熙熙，鸡犬闲闲"之乐云耳。

① 陈白沙：陈献章，字公甫，号实斋，明代著名的自然主义思想家、生命科学家，明代心学的先驱。久居白沙乡（今属江门市蓬江区）小庐山下，故后人尊称为"白沙先生"。
② 颜子：即孔子的高徒颜回。
③ 程朱：即程颢、朱熹。
④ 白傅：即白居易。

冬夏皆当以日出而起，于夏尤宜。天地清旭之气，最为爽神，失之甚为可惜。余居山寺之中，暑月日出则起，收水草清香之昧，莲方敛而未开，竹含露而犹滴，可谓至快。日长漏永，午睡数刻，焚香垂幕，净展桃笙，睡足而起，神清气爽，真不啻天际真人也。

乐即是苦，苦即是乐，带些不足，安知非福。举家事事如意，一身件件自在，热光景，即是冷消息。圣贤不能免厄，仙佛不能免劫。厄以铸圣贤，劫以炼仙佛也。

牛喘月①，雁随阳②，总成忙世界；蜂采香，蝇逐臭，同是苦生涯。劳生扰扰，惟利惟名，牿③旦昼，蹶寒暑，促生死，皆此两字误之。以名为炭而灼心，心之液涸矣；以利为虿④而螫心，心之神损矣。今欲安心而却病，非将名利两字，涤除净尽不可。

---

① 牛喘月：水牛望月而喘，比喻因疑心而害怕，遇事过分惧怕。

② 雁随阳：大雁随着季节变化迁徙。

③ 牿：关牛马的圈栏

④ 虿：蛇、蝎类毒虫的古称。

　　余读柴桑翁①《闲情赋》，而叹其钟情。读《归去来辞》，而叹其忘情。读《五柳先生传》，而叹其非有情非无情，钟之忘之，而妙焉者也。余友淡公最慕柴桑翁，书不求解而能解，酒不期醉而能醉，且语余曰："诗何必五言？官何必五斗？子何必五男？宅何必五柳？可谓逸矣！"

　　余梦中有句云："五百年谪在红尘，略成游戏；三千里击开沧海，便是逍遥。"

　　醒而述诸琢堂，琢堂以为飘逸可诵，然而谁能会此意乎？

　　真定梁公每语人，每晚家居，必寻可喜笑之事，与客纵谈，掀髯大笑，以发舒一日劳顿郁结之气，此真得养生要诀也。

　　曾有乡人过百岁，余扣其术。笑曰："余乡村人，无所知，但一生只是喜欢，从不知忧恼。"此岂名利中人所能哉。

---

① 柴桑翁：陶渊明，浔阳柴桑（今江西省九江市）人，故称"柴桑翁"。

昔王右军云①："吾笃嗜种果，此中有至乐存焉。我种之树，开一花，结一实，玩之偏爱，食之益甘。"右军可谓自得其乐矣。

放翁梦至仙馆，得诗云："长廊下瞰碧莲沼，小阁正对青萝峰。"便以为极胜之景。余居禅房，颇擅此胜，可傲放翁矣。

余昔在球阳，日则步履于空潭、碧涧、长松、茂竹之侧，夕则桃灯读白香山、陆放翁之诗。焚香煮茶，延两君子于坐，与之相对，如见其襟怀之淡宕②，几欲弃万事而从之游，亦愉悦身心之一助也。

余自四十五岁以后，讲求安心之法，方寸之地，空空洞洞，朗朗惺惺，凡喜怒哀乐，劳苦恐惧之事，决不令之入。譬如制为一城，将城门紧闭，时加防守，惟恐此数者阑入③。近来渐觉阑入之时少，主人居其中，乃有安适之象矣。

---

① 王右军：王羲之曾任右军将军，故世称"王右军"。

② 淡宕：恬静舒畅。

③ 阑入：擅自进入不应进去的地方。

养身之道，一在慎嗜欲，一在慎饮食，一在慎忿怒，一在慎寒暑，一在慎思索，一在慎烦劳。有一于此，足以致病，安得不时时谨慎耶！

张郭复先生尝言："古人读《文选》而悟养生之理，得力于两句，曰：'石蕴玉而山辉，水含珠而川媚。'此真是至言。"

尝见兰蕙、芍药之蒂者，必有露珠一点，若此一点为蚁虫所食，则花萎矣。又见笋初出，当晓，则必有露珠数颗在其末，日出，则露复敛而归根，夕则复上。田闲有诗云："夕看露颗上梢行"是也。若侵晓入园，笋上无露珠，则不成材，遂取而食之。稻上亦有露，夕现而朝敛。人之元气全在乎此，故《文选》二语，不可不时时体察，得诀固不在多也。

余之所居，仅可容膝，寒则温室拥杂花，暑则垂帘对高槐，所自适于天壤间者，止此耳。然退一步想，我所得于天者已多，因此心平气和，无歆羡，亦无怨尤，此余晚年自得之乐也。

圃翁曰："人心至灵至动，不可过劳，亦不可过逸，惟读书可以养之。"

闲适无事之人，镇日不读书，则起居出入，身心无所栖泊，耳目无所安顿，势必心意颠倒，妄想生嗔，处逆境不乐，处顺境亦不乐也。

古人有言："扫地焚香，清福已具。其有福者，佐以读书，其无福者，便生他想。"旨哉斯言！且从来拂意①之事，自不读书者见之，似为我所独遭，极其难堪，不知古人拂意之事，有百倍于此者，特②不细心体验耳。即如东坡先生殁③后，遭逢高孝，文字始出④，而当时之忧谗畏讥，困顿转徙湖惠之间，且遇跣足涉水，居近牛栏，是何如境界！又如白香山之无嗣，陆放翁之忍饥，皆载在书卷。彼独非⑤千载闻人，而所遇皆如此。诚一平心静观，则人间拂意之事，可以涣然冰

---

① 拂意：不合心意，不如意。

② 特：只，但。

③ 殁：通"没"，隐没、沦没。

④ 宋哲宗时期，苏轼因文字狱被远贬惠州（今广东惠州市区），再贬昌化军（今海南儋州市）。徽宗即位，大赦天下，苏轼才得以北归。高孝，指哲宗去世，举国致孝；文字，指文字狱。

⑤ 独非：岂非，难道不是。

释。若不读书，则但见我所遭甚苦，而无穷怨尤嗔忿之心，烧灼不静，其苦为何如耶？故读书为颐养第一事也。

吴下有石琢堂先生之城南老屋，屋有五柳园，颇具泉石之胜。城市之中，而有郊野之观，诚养神之胜地也。有天然之声籁，抑扬顿挫，荡漾余之耳边。群鸟嘤鸣林间时，所发之断断续续声，微风振动树叶时，所发之沙沙簌簌声，和清溪细流流出时，所发之潺潺淙淙声。余泰然仰卧于青葱可爱之草地上，眼望蔚蓝澄澈之穹苍，真是一幅绝妙画图也。以视拙政园一喧一静，真远胜之。

吾人须于不快乐之中，寻一快乐之方法。先须认清快乐与不快乐之造成，固由于处境之如何，但其主要根苗，还从己心发长耳。同是一人，同处一样之境，甲却能战胜劣境，乙反为劣境所征服。能战胜劣境之人，视劣境所征服之人，较为快乐。所以不必歆羡他人之福，怨恨自己之命，是何异雪上加霜，愈以毁灭人生之一切也。无论如何处境之中，可以不必郁郁，须从郁郁之中，生出希望和快乐之精神。偶与琢堂道及，琢堂亦以为然。

家如残秋，身如昃晚①，情如剩烟，才如遣电②，余不得已而游于画，而狎于诗，竖笔横墨，以自鸣其所喜。亦犹小草无聊，自矜其花；小鸟无奈，自矜其舌。小春之月，一霞始晴，一峰始明，一禽始清，一梅始生，而一诗一画始成。与梅相悦，与禽相得，与峰相立，与霞相揖，画虽拙而或以为工，诗虽苦而自以甘。四壁已倾，一瓢已敝，无以损其愉悦之胸襟也。

圃翁拟一联，将悬之草堂中："富贵贫贱，总难称意，知足即为称意；山水花竹，无恒主人，得闲便是主人。"其语虽俚，却有至理。天下佳山胜水，名花美竹无限，大约富贵人役于名利，贫贱人役于饥寒，总鲜领略及此者。能知足，能得闲，斯为自得其乐，斯为善于摄生也。

心无止息，百忧以感之，众虑以扰之，若风之吹水，使之时起波澜，非所以养寿也。大约从事静坐，初不能妄念尽捐，宜注一念，由一念至于无念，如水

---

① 昃晚：傍晚。昃，太阳偏西。
② 遣电：闪电。遣，释放。

之不起波澜。寂定之余，觉有无穷恬淡之意味，愿与世人共之。

阳明先生曰："只要良知真切，虽做举业，不为心累。且如读书时，知强记之心不是，即克去之；有欲速之心不是，即克去之；有夸多斗靡之心不是，即克去之。如此，亦只是终日与圣贤印对，是个纯乎天理之心。任他读书，亦只调摄此心而已，何累之有。"录此以为读书之法。

汤文正公①抚吴时，日给惟韭菜。其公子偶市一鸡，公知之，责曰："恶②有士不嚼菜根，而能作百事者哉！"即遣去。奈何世之肉食者流，竭其脂膏，供其口腹，以为分所应尔。不知甘脆肥腊，乃腐肠之药也。大概受病之始，必由饮食不节。俭以养廉，淡以寡欲，安贫之道在是，却疾之方亦在是。余喜食蒜，素不食屠门之嚼，食物素从省俭。自芸娘之逝，梅花盒亦不

---

① 汤文正公：汤斌，字孔伯，别号荆岘，晚号潜庵，清初理学名臣，谥号文正。
② 恶：古同"乌"，哪，何。

复用矣，庶不为汤公所呵乎！

　　留侯①、邺侯②之隐于白云乡，刘、阮、陶、李③之隐于醉乡，司马长卿以温柔乡隐，希夷先生④以睡乡隐，殆有所托而逃焉者也。余谓白云乡，则近于渺茫，醉乡、温柔乡，抑非所以却病而延年，而睡乡为胜矣。妄言息躬，辄造逍遥之境；静寐成梦，旋臻甜适之乡。余时时税驾⑤，咀嚼其味，但不从邯郸道上⑥，向道人借黄粱枕⑦耳。

　　养生之道，莫大于眠食。菜根粗粝，但食之甘美，

---

① 留侯：张良辅佐刘邦平定天下，建立汉朝，被封留侯。功成急流勇退，隐居于陕西汉中。

② 邺侯：唐李泌的封号。李泌历仕玄宗、肃宗、代宗、德宗四朝，德宗时官至宰相，封邺县侯，皇帝钦赐他为南岳衡山隐士。

③ 刘、阮、陶、李：指刘伶、阮籍、陶渊明、李白。刘伶、阮籍，西晋文学家，与嵇康等七人为友，常集于竹林之下肆意酣畅，世称"竹林七贤"。

④ 希夷先生：即陈抟。

⑤ 税驾：解驾，停车，指休息或归宿。税，通"挩"、"脱"。

⑥ 邯郸道上：指邯郸学步。

⑦ 借黄粱枕：指黄粱一梦。

即胜于珍馐也。眠亦不在多寝，但实得神凝梦甜，即片刻，亦足摄生也。放翁每以美睡为乐，然睡亦有诀。孙真人云："能息心，自瞑目。"蔡西山云："先睡心，后睡眼。"此真未发之妙。

禅师告余伏气，有三种眠法：病龙眠，屈其膝也；寒猿眠，抱其膝也；龟鹤眠，踵其膝也。

余少时见先君子于午餐之后，小睡片刻，灯后治事，精神焕发。余近日亦思法之。午餐后，于竹床小睡，入夜果觉清爽，益信吾父之所为，一一皆可为法。

余不为僧，而有僧意。自芸之殁，一切世味，皆生厌心，一切世缘，皆生悲想。奈何颠倒不自痛悔耶！近年与老僧共话无生①，而生趣始得。稽道世尊②，少忏宿愆③，献佛以诗，餐僧以画。

画性宜静，诗性宜孤④，即诗与画，必悟禅机，始臻超脱也。

---

① 无生：佛教语，谓没有生灭，不生不灭。
② 世尊：佛陀的尊称。佛经上常见的"世尊"是指释迦牟尼佛。
③ 宿愆：过去的罪过，过失。
④ 孤：单独。此处指孤立、独特。

秋灯琐忆

[清] 蒋坦 著

序

　　昔读易安居士所为《金石录后序》，赌茶读画，不少敷陈；镜槛书床，可想文采。今观蔼卿茂才《秋灯琐忆》一编，比水绘《影梅》诸作，情事殊科，词笔同美。夫其洞房七夕，始自定情；梵夹三乘，终于偕隐。十年湖上，千诗集中。环阶流水，所居楼台，当户远山，相对屏障。饮渌餐秀，倡研酬丽。从来徐淑，不仅篇章；自是高柔，无虚爱玩。簧谷晚食，文不独游；莲庄夏清，越乃双笑。闺房之事，有甚画眉；香艳之词，罔恤多口。恐讥麟楦，遂谢鹤书。诗好抱山，词工饮水；偶成小品，首示鄙人。间述闲情，弗删绮语；多生慧业，刹那前尘。顶礼金仙，心香琼馆；更积岁月，重出清新。神仙眷属之羡，当不止如漱玉之所序矣。

　咸丰壬子岁六月辛丑立秋日，皋亭山民魏滋伯书于小懑窝。

道光癸卯①闰秋，秋芙来归。漏三下，臧获②皆寝。秋芙绾堕马髻③，衣红绡之衣，灯莲影中，欢笑弥畅，历言小年嬉戏之事。渐及诗词，余苦木舌挢不能下④，因忆昔年有传闻其《初冬》诗云"雪压层檐重，风欺半臂单"。余初疑为阿翘⑤假托，至是始信。于时桂帐

---

① 道光癸卯：道光二十三年，即 1843 年。

② 臧获：奴婢的贱称。明周祈《名义考》引《风俗通》："臧，被罪没官为奴婢；获，逃亡获得为奴婢。"

③ 堕马髻：古代妇女的一种发型。发髻松垂，像要坠落的样子。

④ 木舌挢不能下：木舌，舌僵如木；挢，翘起。翘起舌头，久久不能放下，指不敢说话或不能说话。

⑤ 阿翘：沈阿翘，原是唐淮西节度使吴元济宠爱的艺伎，唐文宗平定吴元济叛乱时被俘做了宫女，很受唐文宗赏识，赠以金臂环。这里以阿翘指代歌女。

虫飞，倦不成寐。盆中素馨，香气瀚然①，流袭枕簟②。秋芙请联句，以观余才；余亦欲试秋芙之诗，遂欣然诺之。余首赋云："翠被鸳鸯夜，"秋芙续云："红云蚬螺③楼。花迎纱幔月，"余次续云："人觉枕函秋。"犹欲再续，而檐月暧④斜，邻钟徐动，户外小鬟已喁喁来促晓妆矣。余乃阁笔而起。

数日不入巢园，荫廊之间，渐有苔色，因感赋二绝云：

> 一觉红蕤梦，朝来记不真。
> 昨宵风露重，忆否忍寒人？

> 镜槛无人拂，房栊久不开。
> 欲言相忆处，户下有青苔。

---

① 瀚然：涌起弥漫的样子。

② 簟：竹或芦苇编制的席子。

③ 蚬螺：蝙蝠。

④ 暧：昏暗不明。

时秋芙归宁三十五日矣。群季青绫①，兴应不浅，亦忆夜深有人，尚徘徊风露下否？

秋芙之琴，半出余授。入秋以来，因病废辍。既起，指法渐疏，强为理习，乃与弹于夕阳红半楼上。调弦既久，高不成音，再调则当五徽②而绝。秋芙索上新弦，忽烟雾迷空，窗纸欲黑。下楼视之，知雏鬟不戒，火延幔帷。童仆扑之始灭。乃知猝断之弦，其谶③不远，况五，火数也，应徽而绝，琴其语我乎？

秋芙以金盆捣戎葵叶汁，杂于云母之粉，用纸拖染，其色蔚绿，虽澄心④之制，无以过之。曾为余录《西湖百咏》，惜为郭季虎携去。季虎为余题《秋林著书图》云"诗成不用苔笺写，笑索兰闺手细钞"，即指

---

① 群季：诸兄弟，此处指兄弟姐妹。青绫：辩论。这里是指秋芙参加兄弟姐妹的辩论。

② 五徽：我国古琴共十三徽（徽位），五徽在琴的三分之一处。调到第五徽时，弦断了。而五是火数，所以失火。

③ 谶：应验的预言、预兆。

④ 澄心：即澄心纸。南唐烈祖李昇居澄心堂，后主李煜所造之纸因名澄心纸，质薄而光润，为世所重。

此也。秋芙向不工书，自游魏滋伯、吴黟山两丈①之门，始学为晋唐格②。惜病后目力较差，不能常事笔墨。然间作数字，犹是秀媚可人。

夏夜苦热，秋芙约游理安③。甫出门，雷声殷殷，狂飙疾作。仆夫请回车，余以游兴方炽，强趣之行。未及南屏④，而黑云四垂，山川瞑合。俄见白光如练，出独秀峰顶，经天丈余，雨下如注，乃止大松树下。雨霁更行，觉竹风骚骚，万翠浓滴，两山如残妆美人，蹙黛垂眉，秀色可餐。余与秋芙且观且行，不知衣袂之既湿也。

时月查开士⑤主讲理安寺席，留饭伊蒲⑥，并以所绘白莲画帧见贻。秋芙题诗其上，有"空到色香何有

---

① 丈：旧时对男性长辈的尊称。

② 晋唐格：晋王羲之的书法深受唐人喜爱，其作《兰亭序》为唐人双钩摹勒，并有刻印本流传。

③ 理安：即理安寺，西湖名寺之一。

④ 南屏：即南屏山，在杭州西湖南岸，傍晚山脚下净慈寺钟声清雅悠扬，南屏晚钟为西湖十景之一。

⑤ 开士：菩萨的异称。后来用以敬称僧人。

⑥ 伊蒲：梵语的音译，即寺庙。也作优婆、贫婆。

相，若离文字岂能禅”之句。

茶话既洽，复由杨梅坞至石屋洞，洞中乱石排拱，几案俨然。秋芙安琴磐磴①，鼓《平沙落雁》之操，归云瀚然，涧水互答，此时相对，几忘我两人犹生尘世间也。俄而，残暑渐收，暝烟四起，回车里许，已月上苏堤杨柳梢矣。

是日，屋漏床前，窗户皆湿，童仆以重门锁扃，未获入视。俟归，已蝶帐蚊幮，半为泽国，呼小婢以筦笼②熨之，五鼓始睡。

秋芙喜绘牡丹，而下笔颇自矜重。嗣从老友杨渚白游，活色生香，遂入南田③之室。时同人中，寓余草堂及晨夕过从者，有钱文涛、费子苕，严文樵、焦仲梅诸人，品叶评花，弥日不倦。既而，钱去杨死，焦严诸人各归故乡。秋芙亦以盐米事烦，弃置笔墨。惟余纨扇一枚，犹为诸人合画之笔，精神意态，不减当

---

① 磐磴：平坦的石台。
② 筦笼：覆罩在香炉上的竹笼。
③ 南田：恽寿平，号南田，江苏武进人，工诗画，创造了花卉画中的“没骨体”派，是明末清初花卉画的一代宗匠。

年，暇日观之，不胜宾朋零落之感。

桃花为风雨所摧，零落池上，秋芙拾花瓣砌字，作《谒金门》词云："春过半，花命也如春短。一夜落红吹渐漫，风狂春不管。""春"字未成，而东风骤来，飘散满地，秋芙怅然。余曰，"此真个'风狂春不管'矣!"相与一笑而罢。

余旧蓄一绿鹦鹉，字曰"翠娘"，呼之辄应。所诵诗句，向为侍儿秀娟所教。秀娟既嫁，翠娘饮啄常失时，日渐憔悴。一日，余起盥沐，闻帘外作细语声，恍如秀娟声吻，惊起视之，则翠娘也。杨枝①去数月矣，翠娘有知，亦忆教诗人否？

秋芙每谓余云："人生百年，梦寐居半，愁病居半，襁褓垂老之日又居半，所仅存者，十之一二耳，况我辈蒲柳之质，犹未必百年者乎!庾兰成②云：'一月欢娱，得四五六日'，想亦自解语耳。"斯言信然。

---

① 杨枝：白居易《不能忘情吟序》记艺伎樊素善唱《杨枝》，人们便以曲名称呼她。文中指侍儿秀娟。
② 庾兰成：北周文学家庾信，字子山，号兰成。

平生未作百里游。甲辰①娥江②之役，秋芙方病寒疾，欲更行期，而行装既发，黄头③促我矣。晚渡钱江，飓风大作，隔岸越山，皆低鬟敛眉，郁郁作相对状，因忆子安④《滕王阁序》云："天高地迥，觉宇宙之无穷；兴尽悲来，识盈虚之有数。"殊觉此身茫茫，不知当置何所。明河在天，残灯荧荧，酒醒已五更时矣。欲呼添衣，而罗帐垂垂，四无人应，开眼视之，始知此身犹卧舟中也。

秋月正佳，秋芙命雏鬟负琴，放舟两湖荷芰之间。时余自西溪⑤归，及门，秋芙先出，因买瓜皮迹之⑥，相遇于苏堤第二桥下。秋芙方鼓琴作《汉宫秋怨》⑦曲，余为披襟而听。斯时，四山沉烟，星月在水，玲

---

① 甲辰：道光二十四年，即1844年。
② 娥江：即浙江第二大河曹娥江，因孝女曹娥投江寻父亲尸体而得名。
③ 黄头：船夫。船夫常戴黄帽，故称黄头郎。
④ 子安：王勃，字子安，"初唐四杰"之冠，《滕王阁序》为千古名文。
⑤ 西溪：指曹娥江。
⑥ 买瓜皮迹之：靠着地上瓜皮的指示追寻她的踪迹。
⑦ 《汉宫秋怨》：古曲名，描写汉代王昭君出塞和亲的故事。

玑杂鸣，不知天风声环佩声也。琴声未终，船唇已移近漪园南岸矣。因叩白云庵门。庵尼故相识也，坐次，采池中新莲，制羹以进。香色清冽，足沁肠腑，其视世味腥膻，何止薰莸①之别。回船至段家桥，登岸，施竹簟于地，坐话良久。闻城中尘嚣声，如蝇营营，殊聒人耳。桥上石柱，为去年题诗处，近为嫔衣②剥蚀，无复字迹。欲重书之，苦无中书③。其时，星斗渐稀，湖气横白，听城头更鼓，已沉沉第四通矣，遂携琴刺船④而去。

余莲村来游武林，以惠山泉一瓮见饷。适墨俱开士主讲天目山席，亦寄头纲茶⑤来。竹炉烹饮，不啻⑥

---

① 薰莸：薰，香草；莸，臭草。"薰莸之别"犹言天壤之别。

② 嫔：蚌的别名。嫔衣，蚌壳，泛指贝壳之类。

③ 中书：中书君，笔的别称。唐韩愈《毛颖传》以笔拟人："累拜中书令，与上益狎，上尝呼为中书君。"

④ 刺船：撑船。

⑤ 头纲茶：熊蕃《北苑茶录》说，每岁茶分十余纲，淮白茶自惊蛰前采摘，不出仲春已送达京师，号为"头纲"。

⑥ 不啻：不亚于。

如来滴水①，遍润八万四千毛孔，初不待卢仝七碗②也。莲村止余草堂十有余日，剪烛论文，有逾胶漆。惜言欢未终，饥为③驱去。树云相望，三年于兹矣。常忆其论吴门诸子诗，极称觉阿开士为闻见第一。觉阿以名秀才剃落佛前，磨砖④十年，得正法眼藏⑤。所居种梅三百余本，香雪满时，跌坐其下，禅定既起，间事吟咏，有《咏怀诗》云："自从一见《楞严》后，不读人间糠粃书。"昔简斋老人⑥论《华严经》云："文义如一桶水，倒来倒去。"不特不解《华严》，直是未见《华严》语。以视觉阿，何止上下床之别耶！惜未见全

---

① 如来滴水：传如来佛以杨枝洒甘露，其细如尘，能使万物苏生。

② 卢仝七碗：卢仝，唐代诗人，自号玉川子，好茶成癖，著有《茶谱》，被世人尊称为"茶仙"，《七碗茶歌》流传海内外，脍炙人口。

③ 饥为：为生计所迫。

④ 磨砖：唐开元中南岳怀让禅师曾以"磨砖作镜"点化僧人，此处比喻专心、刻苦钻研佛典。

⑤ 正法眼藏：禅宗称不传教外的心印为"正法眼藏"。后多指正宗嫡传的精义和要诀。

⑥ 简斋老人：袁枚，字子才，号简斋，晚年号仓山居士、随园主人、随园老人，清乾嘉时期著名的诗人、散文家。

诗，不胜半偈之憾。闻莲村近客毗陵，暇日当修书问之。

夜来闻风雨声，枕簟渐有凉意。秋芙方卸晚妆，余坐案旁，制《百花图记》未半，闻黄叶数声，吹堕窗下。秋芙顾镜吟曰："昨日胜今日，今年老去年。"余怃然云："生年不满百，安能为他人拭涕！"辄为掷笔。

夜深，秋芙思饮，瓦铫①温暾，已无余火，欲呼小鬟，皆蒙头户间，为趾离②召去久矣。余分案上灯置茶灶间，温莲子汤一瓯，饮之。秋芙病肺十年，深秋咳嗽，必高枕始得熟睡。今年体力较强，拥髻相对，常至夜分，殆眠餐调摄之功欤？然入秋犹未数日，未知八九月间更复何如耳。

余为秋芙制梅花画衣，香雪满身，望之如"绿萼仙人"，翩然尘世。每当春暮，翠袖凭栏，鬓边蝴蝶，犹栩栩然不知东风之既去也。

---

① 瓦铫：吊在灶上烧水的瓦罐。

② 趾离：梦神。

扫地焚香，喻佛法耳；谓①如此即可成佛，则值寺阇黎②，已充满极乐国矣。秋芙性爱洁，地有纤尘，必亲事箕帚。余为举王栖云③偈云："日日扫地上，越扫越不净。若要地上净，撤却苕帚柄。"秋芙卒不能悟。秋芙辩才十倍于我，执于斯者，良亦积习使然。

余居湖上十年，大人④月给数十金，资余盐米。余以挥霍，每至匮乏，夏葛冬裘，递质递赎⑤，敝箧中终岁常空空也。曾赋诗示秋芙云："一寒至此怜张禄⑥，再拥无由惜谢耽⑦。箧为频搜卿有意，裈⑧犹可挂我何

---

① 谓：假如说。

② 阇黎：僧徒的师父。

③ 王栖云：元代全真道士，法号志谨，又称栖云真人。

④ 大人：父亲。

⑤ 递质递赎：一边典当一边赎回。

⑥ 张禄：范雎，战国时魏人，早年家境贫寒，为须贾所诬，受尽摧残，化名张禄后辗转入秦，辅佐秦昭襄王，深得赏识和器重，拜为秦相。

⑦ 谢耽：《钗小志》记苏紫罽喜欢谢耽，虽近在咫尺却如隔万里，不能相见。于是紫罽让侍儿借来谢耽常穿的一件内衣，白天偷偷地套在自己衣服里面，晚上则拥着入眠。

⑧ 裈：又作"裩"，满裆裤。

惭。"纪实也。

　　丁未冬，伊少沂大令①课最②北行，余饯之草堂，来会者二十余人。酒次，李山樵鼓琴，吴康甫作擘窠书③，吴乙杉、杨渚白、钱文涛分画四壁，余或拈韵赋诗，清谈瀹茗④。惟施庭午、田望南、家宾梅十余人，踞地赌霸王拳，狂饮疾呼，酒尽数十觥不止。

　　是夕，风月正佳，余留诸人为长夜饮。羊灯⑤既上，洗盏更酌，未及数巡，而呼酒不至。讶询秋芙，答云："瓶罍罄矣。床头惟余数十钱，余脱玉钏换酒，酒家不辨真赝，今付质库⑥，去市远，故未至耳。"余为诵元九⑦"泥他沽酒拔金钗"诗，相对怅然。是日，集得诗数十篇，酒尽八九瓮，数年来文酒之乐，于斯

① 大令：对县令的尊称。
② 课最：官员赴京接受考核。
③ 擘窠书：在划分好的框格里写字，也指写大字。此处指后者。
④ 瀹茗：煮茶。
⑤ 羊灯：用竹丝扎成外糊以纸的羊形灯，民间常在灯节悬挂。
⑥ 质库：当铺。
⑦ 元九：唐代诗人元稹的别称。

为盛。自此而后，踪迹天涯，云萍聚散。余与秋芙亦以尘事相羁，不能屡为山泽游矣。

秋芙素不工词，忆初作《菩萨蛮》云："莫道铁为肠，铁肠今也伤。"造意尖新，无板滞之病。其后余游山阴①，秋芙制《洞仙歌》见寄，气息深稳，绝无疵颣，余始讶其进境之速。归后索览近作，居然可观，乃知三日之别，固非昔日阿蒙②矣。昔瑶花仙史降乩③巢园，目秋芙为昙阳④后身，观其辨才，似亦可信。加以长斋二十年，《楞严》、《法华》熟诵数千卷，定而生慧，一指半偈⑤，犹能言下了悟，况区区文字间乎！昔人谓"书到今生读已迟"，余于秋芙信之矣。

秦亭山西去二十里，地名西溪，余家"槐眉庄"

---

① 山阴：即今浙江绍兴。

② 阿蒙：三国吴人吕蒙笃志力学，受到鲁肃夸赞时，以"士别三日，即更刮目相待"谦称自己为一介武夫。

③ 乩：通过占卜问吉凶。扶乩，又叫扶鸾。

④ 昙阳：明代王锡爵之女，名焘贞，号昙阳子，未嫁而死。自幼信奉观音大士，世传其得道化仙而去。

⑤ 一指半偈：一个手势、半句偈语。

在焉。缘溪而西，地多芦苇，秋风起时，晴雪①满滩，水波弥漫，上下一色。芦花深处，置精蓝②数椽，以奉瞿昙③，曰"云章阁"。阁去庄里余，复涧回溪，非苇杭④不能到也。时有佛缘僧者，居华坞心斋，相传戒律精严，知未来之事。乙巳秋，余因携秋芙访之。叩以面壁宗旨，如聩如聋，鼻孔撩天，曷胜失笑。

时残雪方晴，堂下绿梅，如尘梦初醒，玉齿粲然。秋芙约为永兴寺游，遂与登二雪堂，观汪夫人⑤方佩书刻。还坐溪上，寻炙背鱼、剪尾螺，皆颠师⑥胜迹。明日更游交芦、秋雪诸刹，寺僧以松萝茶进，并索题《交芦雅集图卷》。回船已夕阳在山，晚钟催饭矣。霜风乍寒，溪上澄波粼粼，作皱縠纹。秋芙时着薄棉，

① 晴雪：指芦花。芦花开时如晴天铺雪。
② 精蓝：佛寺，僧舍。精，精舍；蓝，阿兰若。
③ 瞿昙：即乔达摩，释迦牟尼的姓氏，用以称呼释迦牟尼，亦作佛的代称。
④ 苇杭：小船。
⑤ 汪夫人：汪端，清代女诗人，字允庄，号小韫。中年守寡，儿子得痼疾，开始接触佛典，晚年笃信佛教。
⑥ 颠师：济公。颠同"癫"。

有寒色，余脱半臂拥之。夜半至庄，吠龙①迎门，回望隔溪渔火，不减鹿门晚归②时也。秋芙强余作记游诗，遂与挑灯命笔，不觉至曙。

秋芙有停琴伫月小影③，悬之寝室，日以沉水④之。将归，戏谓余曰："夜窗孤寂，留以伴君，君当酬以瓣香⑤。无扃置⑥空房，令娥眉有秋风团扇⑦悲也。"

晓过妇家，窗棂犹闭，微闻玎珰一声，似鸾篦堕地，重帘之中，有人晓妆初就也。时初日在梁，影照窗户，盘盘腻云，光足鉴物，因忆微之诗云"水晶帘底看梳头"⑧，古人当日，已先我消受眼福。

关、蒋故中表亲。余未聘时，秋芙来余家，绕床

---

① 龙：多毛的狗。

② 鹿门晚归：孟浩然《夜归鹿门歌》中描写的情景。

③ 小影：小幅画像。

④ 沉水：沉香。沉香木入水则沉，故谓之沉香。

⑤ 瓣香：佛语。一瓣香，即一炷香，用点燃的香表示虔诚的崇敬。

⑥ 扃置：将锁放置于。

⑦ 秋风团扇：秋凉则扇子弃之不用，比喻妇女年老色衰而遭遗弃。

⑧ 见元稹《离思五首》："闲读道书慵未起，水晶帘底看梳头。"

弄梅，两无嫌猜。丁亥元夕①，秋芙来贺岁，见于堂前。秋芙衣葵绿衣，余着银红绣袍，肩随额齐，钗帽相傍。张情齐丈方居巢园，谓大人曰："俨然佳儿佳妇。"大人遂有丝罗②之意。后数月，巢园鼠姑③作花，大人招亲朋，置酒花下。秋芙随严君来。酒次，秋芙收筵上果脯，藏帕中。余夺之，秋芙曰："余将携归，不汝食也。"余戏解所系巾，曰："以此缚汝，看汝得归去否？"秋芙惊泣，乳姬携去始解。大人顾之而笑。固倩俞霞轩师为之蹇修④，筵上聘定。

自后数年，绝不相见。大人以关氏世有姻娅⑤，岁时仍率余往趋谒，故关氏之庭，迹虽疏，未尝绝也。忆壬辰⑥新岁，余往，入门见青衣小鬟，拥一粲姝⑦上

---

① 丁亥元夕：即 1827 年元旦之夜。

② 丝罗：即丝萝。诗文中常以菟丝与女萝缠结比喻男女结成婚姻。

③ 鼠姑：牡丹的别称。

④ 蹇修：媒人，此指做媒。

⑤ 姻娅：亲家和连襟，婿父称姻，两婿互称曰娅。泛指姻亲。

⑥ 壬辰：即 1832 年。

⑦ 粲姝：光彩照人的女子。

车而去。俄闻屏间笑声，乃知出者，即为秋芙。又一
年，闱桥试近，妻父集同人会文，意在察婿。置酒后
堂，余列末座。闻湘帘之中，环玉相触，未知有秋芙
在否。又一年，余行市间，忽车雷声中，帘幌疾卷，
中有丽人，相注作熟视状。最后一车，似是妻母，意
卷帘人即膝前娇女也。又一年，余举弟子员①，大人命
余晋谒。庭遇秋芙，戴貂茸，立蜜梅花下。俄闻银钩
一声，无复鸿影。

余自聘及迎，相去凡十五年，五经邂逅。及却扇②
筵前，剪灯相见，始知颊上双涡，非复旧时丰满矣。
今去结缡③又复十载，余与秋芙皆鬓有霜色，未知数年
而后，更作何状？忽忽前尘，如梦如醉，质之秋芙，
亦忆一二否？

秋芙谓："元九《长庆集》诗，如土饭尘羹，食者
不知有味。惟《悼亡》④三诗，字字泪痕，不堕浮艳

---

① 举弟子员：考中了秀才。清代称县学生员为弟子员。

② 却扇：古代举行婚礼时新妇以扇遮脸，交拜完后撤去，后用以指完婚。

③ 结缡：亦作"结褵"，指结婚。

④ 《悼亡》：指元稹悼念亡妻韦丛的三首《遣悲怀》。

之习。"余曰:"未必不似宋考功于刘希夷事①耳。不然,微之轻薄小人,安能为此刻骨语?"

余读《述异记》②云"龙眠于渊,颔下之珠,为虞人③所得,龙觉而死",不胜叹息。秋芙从旁语曰:"此龙之罪也。颔下有珠,则宜知宝④。既不能宝而为人得,则唏嘘云雨⑤,与虞人相持江湖之间,珠可还也。而以身殉之,龙则逝矣,而使珠落人手,永无还日,龙岂爱珠者哉?"余默然良久,曰:"不意秋芙亦能作议论,大奇。"

葛林园为招贤寺遗址,有水榭数楹,俯瞰竹石。

---

① 宋考功:宋之问,字延清,一名少连,初唐时期的著名诗人。刘希夷,一名庭芝,字延之,唐代上元进士,善弹琵琶,其诗以歌行见长。《代悲白头吟》有"年年岁岁花相似,岁岁年年人不同"句,相传其舅宋之问欲据为己有,希夷不允,之问竟遣人用土块将他压死。此处戏说元稹有剽窃之嫌。

② 《述异记》:一是南朝齐国的祖冲之撰,所记多是鬼异之事;二是南朝梁代任昉撰,所记多为异闻琐事。

③ 虞人:古代掌管山泽苑囿田猎的职官。

④ 宝:珍爱,宝重,珍藏。

⑤ 唏嘘云雨:呼风唤雨。

榭下有池，短杓①横架其上。池偏凌霄花一本，藤蔓蜿蜒，相传为唐宋时物。诗僧半颠及其师破林，驻锡②于此数十年矣。己酉③初夏，积潦成灾，余所居草堂，已为泽国。半颠以书相招，遂与秋芙往借居焉。是时，城市可以行舟，所交宾朋，无不中隔。日与半颠谈禅，间以觞咏，悠悠忽忽，不知人间有岁月矣。闻岳坟卖馂馅馒首④，日使赤脚婢数钱买之。啖食既饱，分饲池鱼。秋芙起拊栏楣，误堕翠簪，水花数圈，杳无能迹，惟簪上所插素馨，漂浮波上而已。

池偏为梁氏墓庐，庐西有门，久鞠茂草。庐居梁氏族子数人，出入每由寺中。梁有劣弟，贫乏不材。余居月余，阋墙⑤之声，未歇于耳。一日，余行池上，闻剥啄声。寺僧方散午斋，余为启扉。有毡笠布衣者，问梁某在否，余为指示。其人入梁氏庐，余亦闭门。

---

① 杓：独木桥。
② 驻锡：僧人出行，随手带着锡杖，所以僧人也称为驻锡。
③ 己酉：即1849年。
④ 馂馅馒首：用祭品做馅儿的馒头。
⑤ 阋墙：指兄弟不和而争吵。

半颠知之，因见梁，问来者云何，梁曰："无之。"相与遍索室中，不得。惟东偏小楼，扃闭甚固，破窗而入，其弟已缢死床上矣，乃知叩门者缢死鬼耳！自后鬼语啾啾，夜必达旦，梁以心怛①迁去。余与秋芙虽恃《楞严》卫护之力，而阴霾逼人，究难长处。时水潦已退，旋亦移归草堂，嗣闻半颠飞锡②南屏。余不过此寺又数年矣，未知近日楼中，尚复有人居住否？

　　枕上不寐，与秋芙论古今人材，至韩擒虎③。余曰："擒虎生为上柱国，死不失为阎罗王，亦侥幸甚矣。"秋英笑曰："特张嫦娥④诸人之冤，无可控告，奈何？"

　　大人晚年多疴，余与秋芙结坛修玉皇忏仪⑤四十九

---

① 怛：恐惧。

② 飞锡：僧人云游。

③ 韩擒虎：隋开皇九年，韩擒虎为先锋大举伐陈，占领建康城，俘后主陈叔宝，因功封为上柱国大将军。

④ 张嫦娥：即张丽华，南朝陈后主的贵妃。韩擒虎灭陈，张丽华随陈后主投井躲藏，为隋军搜出，被杀。

⑤ 玉皇忏仪：诵《玉皇经》的道场。

日。秋芙作骈俪疏文，辞义奥艳，惜稿无遗存，不可记忆。维时霜风正秋，瓶中黄菊，渐有佳色。夜深钟磬一鸣，万籁皆伏。沉烟笼罩中，恍觉上清宫①阙，即现眼前，不知身在人世间也。

秋芙所种芭蕉，已叶大成荫，荫蔽帘幕。秋来雨风滴沥，枕上闻之，心与俱碎。一日，余戏题断句叶上云："是谁多事种芭蕉？早也潇潇，晚也潇潇。"明日见叶上续书数行云："是君心绪太无聊！种了芭蕉，又怨芭蕉。"字画柔媚，此秋芙戏笔也，然余于此，悟入正复不浅。

春夜扶鸾，瑶花仙史降坛，赋《双红豆》词云：

风丝丝，雨丝丝，谁使花粘蛛网丝？

春光留一丝。

烟丝丝，柳丝丝，侬与红蚕同有丝。

蚕丝侬鬓丝。

又《贺新凉》赠秋芙云：

---

① 上清宫：道家幻想中的仙境。

久未城西过。料如今、夕阳楼畔，芭蕉新大。日日东风吹暮雨，闻道病愁无那。况几日、妆台梳裹。纸薄衫儿寒易中，算相宜、还是摊衾卧。切莫向，夜深坐。

西池已谢桃花朵。恁青鸾、天天来去，书儿无个。一卷《楞严》应读遍，能否情惮参破？问归计、甚时才可？双凤归来星月下，好细斟、元碧①相称贺。须预报，玉楼我。

甲辰岁，仙史曾降笔草堂，指示金丹还返②之道，故有"久未西城过"之语。

忆戊申③秋日，寄秋芙七古一首，诗云：

干萤冷贴屏风死，秋逼兰釭落花紫。

---

① 元碧：酒名。
② 金丹还返：《抱朴子》引老子诀言："丹砂烧之成水银，积变又还成丹砂。"金丹还返即指这种往还转变。
③ 戊申：即 1848 年。

满床风雨不成眠，有人剪烛中霄起。

风雨秋凉玉簟知，镜台钗股最相思。

伤心独忆闺中妇，应是残灯拥髻时。

髻影飘萧同卧病，中间两接红鲂信①。

病热曾云甘蔗良，心忪或藉浮瓜②镇。

夜半传闻还织素，锦诗渐满回文③数。

可怜玉臂岂禁寒，连波④只悔从前错。

从前听雨芙蓉室，同衾忆汝初来日。

才见何郎鬂合双⑤，便疑司马⑥心非一。

---

① 红鲂信：即红鲤信，书信。

② 浮瓜：冰镇的瓜果。见曹丕《与朝歌令吴质书》："浮甘瓜于清泉，沉朱李于寒水。"

③ 回文：回文诗，一种颠倒回环都可成诵的诗体。晋代苏蕙（若兰）织锦为回文旋图诗，寄给远行的丈夫窦滔。

④ 连波：窦滔，字连波。窦滔出任流沙时没有携苏蕙赴任，见到回文诗后，以礼迎苏氏，恩爱越重。

⑤ 何郎：三国时魏人何晏，以才秀知名，且姿容俊美，喜好修饰打扮。

⑥ 《西京杂记》记司马相如将聘茂陵人为妾，卓文君作《白头吟》以自绝，相如于是作罢。

鸿庑牛衣①感最深，春衣典后况无金。

六年费汝金钗力，买得萧郎②薄幸心。

薄幸明知难自避，脱舆③未免参人议。

或有珠期浦口还④，何曾剑忍微时弃⑤。

端赖鸳鸯壶内语，疏狂尚为鲰生⑥恕。

无端乞我卖薪钱，明朝便决归宁去⑦。

去日青荷初卷叶，罗衣曾记箱中叠。

---

① 鸿庑：指贫者所居之处。《后汉书·梁鸿传》载梁鸿携妻至吴，曾屈居于皋伯通庑下。牛衣：用麻、草编成给牛保暖的蓑衣。鸿庑、牛衣，喻贫苦的夫妻。

② 萧郎：原指梁武帝萧衍，后泛指被女子所爱恋的男子。

③ 脱舆：夫妻反目。

④ 《后汉书·孟尝传》载，合浦郡沿海盛产珠宝，因宰守极力搜刮，致使珠宝移往他处。孟尝君任太守后，革除前弊，去珠复还。比喻人去复回或物失而复得。

⑤ 《汉书·许皇后传》载，汉宣帝未掌权时，娶许平君为妻。做了皇帝后，大臣议立皇后，宣帝下诏寻找他过去用过的宝剑，大臣知其所指，于是立许平君为皇后。求故剑，指不忘旧时情爱。

⑥ 鲰生：浅薄无知的小人。

⑦ 卖薪钱：汉时朱买臣，家贫，常卖柴糊口，妻子不耐贫苦生活，离婚另嫁。后朱买臣任会稽太守。

一年容易到秋风，渡江又阻归来楫。

我似齐纨易弃捐，怀中冷暖仗人怜。

名争蜗角难言胜，命比蚕绡岂久坚。

莫为机丝曾有故，蛾眉何人能持护？

门前但看合欢花，也须各有归根树。

树犹如此我何堪，近信无由绮阁探。

拥到兰衾应忆我，半窗残梦雨声参。

雨声入夜生惆怅，两家红烛昏罗帐。

一例悲欢各自听，楚魂①来去芭蕉上。

芭蕉叶大近窗楹，枕上秋天不肯明。

明日谢家堂②下过，入门预想绣鞋声。

此稿遗佚十年，枕上忽忆及之，命笔重书，恍惚如梦。

---

① 楚魂：古诗文中常以"楚魂"追吊古代楚人，可指屈原、娥皇女英等。
这里指悲苦梦魂。

② 谢家堂：谢家是六朝望族，一门风流。这里指秋芙家。

晚来闻络纬①声，觉胸中大有秋气。忽忆宋玉②悲秋《九辩》，击枕而读。秋芙更衣阁中，良久不出。闻唤始来，眉间有秋色。余问其故，秋芙曰："悲莫悲兮生别离，何可使我闻之？"余慰之曰："因缘离合，不可定论。余与子久皈觉王③，誓无他趣。他日九莲台上，当不更结离恨缘，何作此无益之悲也？昔锻金师④以一念之誓，结婚姻九十余劫，况余与子乎？"秋芙唯唯，然颊上粉痕，已为泪花污湿矣。余亦不复卒读。

秋芙藏有书尺，为吴黟山所贻。尺长尺余，阔二寸许。相传乾隆壬子，泰山汉柏出火自焚，钱塘高迈庵⑤拾其烬余，以为书尺，刻铭于上。铭云："汉已往，

---

① 络纬：即蟋蟀，俗称纺织娘。

② 宋玉：又名子渊，战国楚人，屈原之后重要的辞赋家。相传是屈原的学生，代表作《九辩》第一句"悲哉！秋之为气也"，抒发感伤、哀愁的心怀。

③ 觉王：佛的别称。

④ 《付法藏经》记一个贫女乞讨到一颗金珠，欲以此补修佛面。煅金师与她立愿为夫妇，共同完成心愿。

⑤ 高迈庵，字罻玉，浙江杭州人。清代著名画家，长于山水，亦工花卉。

柏有神。坚多节，含古春。劫灰未烬兮，芸编①是亲。
然藜②比照兮，焦桐③共珍。"

开户见月，霜天悄然。因忆去年今夕，与秋芙探
梅巢居阁下，斜月暖空，远水渺渺，上下千里，一碧
无际，相与登补梅亭，瀹茗夜谈，意兴弥逸。秋芙方
戴梅花鬓翘，虬枝在檐，遽为攫去，余为摘枝上花扑
之。今亭且倾圮，花木荒落，惟姮娥④有情，尚往来孤
山林麓间耳。

秋芙好棋，而不甚精，每夕必强余手谈，或至达
旦。余戏举竹垞词⑤云："簸钱斗草已都输，问持底今
宵偿我？"秋芙故饰词云："君以我不能胜耶？请以所
佩玉虎为赌。"下数十子，棋局渐输，秋芙纵膝上猧儿

---

① 芸编：芸是香草，置于书页内，可以防虫蛀，后称书籍为芸编。
② 然藜：相传汉代刘向在天禄阁校书，夜暗无灯，一老者进来，吹手中青藜杖着火，为刘向照明。后成为夜读或勤奋学习的典故。
③ 焦桐：琴名。东汉蔡邕曾用烧焦的桐木造琴，后代泛称琴为焦桐。
④ 姮娥：即嫦娥。
⑤ 竹垞：即朱彝尊，字锡鬯，号竹垞，清代诗人、词人、学者。词见朱彝尊《鹊桥仙·辛夷花落》。

搅乱棋势。余笑云："子以玉奴[1]自况欤？"秋芙嘿然，而银烛荧荧，已照见桃花上颊矣。自此更不复棋。

去年燕来较迟，帘外桃花已零落殆半。夜深巢泥忽倾，堕雏于地。秋芙惧为猧儿所攫，急收取之，且为钉竹片于梁，以承其巢。今年燕子复来，故巢犹在，绕屋呢喃，殆犹忆去年护雏人耶？

同里沈湘涛夫人与秋芙友善，赠以所著诗词属[2]为删校，中有句云："却喜近来归佛后，清才渐觉不如前。"因忆前见朱莲卿诗，有"却喜今年身稍健，相逢常得笑颜生"之句，两"喜"字用法不同，各极沉痛。莲卿近得消渴疾，两月未起，霜风在林，未知寒衣曾检点否？

斜月到窗，忽作无数个"人"字，知堂下修篁解箨[3]矣。忆居槐眉庄，庄前种竹数弓[4]。笋泥初出，秋芙命秀娟携鸦嘴锄，斸数筐，煮以盐菜，香味甘美，

---

① 玉奴：即杨玉环。

② 属：同"嘱"。

③ 修篁解箨：竹子脱壳茁壮成长。箨，笋壳。

④ 弓：古代丈量土地的工具和计算单位。五尺为一弓。

初不让廷秀①煮笋经也。秀娟嫁数年，如林中绿衣人得锦绷儿②矣。惟余老守谷中，鬓颜非故，此君有知，得无笑人？

虎跑泉上有木犀数株，偃伏石上，花时黄雪满阶，如游天香国中，足怡鼻观。余负花癖，与秋芙常煮茗其下。秋芙拗花簪鬓，额上发为树枝捎乱，余为蘸泉水掠之。临去折花数枝，插车背上，携入城阖③，欲人知新秋消息也。近闻寺僧添植数本，金粟④世界，定更为如来增色矣。秋风匪遥，早晚应有花信，花神有灵，亦忆去年看花人否？

宾梅宿予草堂。漏三下，闻邻人失火，急率仆从救之。及门，已扑灭矣。惟闻空中语云："今日非有力人居此，此境几为焦土。"言顷，有二道人与一比丘，

---

① 廷秀：杨万里，字廷秀，号诚斋，南宋著名词人。其词自成一家，时称"诚斋体"，著有《诚斋集》。

② 绿衣人：《燕居笔记·绿衣人传》叙天水赵源游学杭州，与贾秋壑侍女鬼魂绿衣双鬟缱绻。锦绷儿：犹如今之宝贝儿子。

③ 城阖：城曲的重门，这里是城内的意思。

④ 金粟：即桂花。

自天而下。道人戴藕华冠，衣蟠龙蚺蟉之袍。其一玉
貌长髯，所衣所冠皆黄金色。比丘踵道人之后，若木
若讷。藕冠者曰："吾名证若，居青城赤水之间，访蒋
居士至此。"与长须道人拂尘而歌，歌长数千言，未暇
悉记。惟记其末句云："只回来巧递了云英密信，那裴
航痴了心①，何时得醒？若不早回头，累我飞升。醒，
醒，醒，明日阴晴难信。"歌竟而逝。趋视之，则星月
在户，残灯不明，惟闻落叶数声，蘧然一梦觉也。既
旦，告余，余曰："余家断杀数十年，而修鸿宝②之道
六七载，至今黄螭飞腾，犹少返还之诀。岂仙师垂悯
凡愚，现身说法欤？"歌中曰'云英'，云英者，岂以
余闺房之缘，未解缠缚，而讽咏示警欤？时余与秋芙
修《陀罗尼忏》数月矣，所谓比丘者，岂观音化身，
寻声自西竺来欤？

---

① 《太平广记·裴航》：唐人裴航经过蓝桥驿，向路旁一老妇求水喝，老
　妇唤云英提来一瓯水。裴航见云英美貌，欲娶之。老妇说要娶云英，
　须以玉杵臼为聘礼。裴航后来访求到玉杵臼，并且捣药百日，遂娶云
　英为妻。
② 鸿宝：原是道经篇名，后泛指道经。

秋芙病，居母家六十余日。臧获陪侍，多至疲惫。其昼夜不辍者，仅余与妻妹侣琼耳。余或告归，侣琼以身代予，事必手亲，故药炉病榻之间，予得赖以息肩。侣琼固情笃友于，然当此患难之时，而荼苦能甘，亦不自觉伺以至是也。秋芙生负情癖，病中尤为缠缚。余归，必趣人召余，比至，仍无一语。侣琼问之，秋芙曰："余命如悬丝，自分难续，仓卒恐无以与诀，彼来，余可撒手行耳。"余闻是言，始觉腹痛，继思秋芙念佛二十年，誓赴金台^①之迎，观此一念，恐异日轮堕人天，秋芙犹未能免。手中梧桐花，放下正自不易耳。

秋夜正长，与妻妹珮琪围棋，三战三北。自念平生此技未肯让人，珮琪年未及笄，所造如此，殆天授耶？珮琪性静默，有林下风^②，字与诗篇，靡不精晓，自言前身自上清宫来。观其神寒骨清，洵非世间烟火人也。今不与对局数年矣，布算之神，应更倍昔。他

① 金台：《海内十洲记》说，昆仑山上有天墉城，城上置金台五所。后用以指仙境。赴金台即仙逝而去。
② 林下风：具有竹林七贤的风骨。形容妇女风度娴雅，不同凡俗。

日谢家堂上，当效楚子反整师复战①，期雪曩年城下之耻。

踏月夜归，秋芙方灯下呼卢②。座中有人一掷得六么色，余戏为《卜算子》，词云：

> 妆阁夜呼卢，钗影银釭背。
> 六个骰儿六个窝，到底都成对。
>
> 笑问阿谁赢，莫是青溪妹？
> 赚得回头一顾无，试报说、搔头坠。

秋芙见而笑曰："如此绮语，不虑方平鞭背③耶？"

近作小词，有句云："不是绣衾孤，新来梦也无。"

---

① 《左传·成公十六年》记载楚王在鄢陵之战中失败后，命令整顿部队，补充供养，《正义》解为"复欲战。"

② 呼卢：即呼卢喝雉，又称樗蒲、五木，古时的一种赌博。

③ 方平鞭背：方平即传说中的仙人王远。《神仙传》记蔡经见麻姑手如鸟爪，心想背痒时可用此爪抓痒。方平鞭打蔡经，但见鞭子打在背上，却不见有人持鞭。此指因轻慢而受到惩罚。

又《买陂塘》后半云：

> 中门掩，更念荀郎①忧困，玉瓯莲子亲进。
> 无端别了秦楼②去，食性何人猜准。
> 闲抚鬓，看半载相思，又及三春尽。
> 前期未稳。怕再到兰房，剪灯私语，
> 做梦也无分。

时宾梅以纨扇属书，团戏录之。宾梅见而笑曰："做梦何以无分？"

秋芙笑云："想'新来梦也无'耳。"相与绝倒。

甲辰秋，同人招游月湖。夜深为风露所欺。明日复集吴山笙鹤楼，中酒禁寒。归而病热几殆，赖乩示方药，始获再生。越一年，为丙午③岁，疽发背间，旋

---

① 荀郎：荀粲，字奉倩，三国魏人。娶曹洪女为妻，妻子病故，痛悼不已，不久也去世，年仅二十九岁。

② 秦楼：春秋时，萧史及秦王之女弄玉学箫成仙，其所居之处称凤楼或秦楼。

③ 丙午：即1846年。

复病疟。方届秋试，扶病登车，未及试院，而魂三逝矣。仆从舁①归，匝月始安。己酉②之夏，复病疮痢，俯枕三月，痛甚剥肤。六年之间，三堕病劫，秋芙每侍余疾，衣不解带。柔脆之质，岂禁劳瘁，故余三病，而秋芙亦三病也。

余生有懒疾，自己酉奉讳以来，火死灰寒，无复出山之想。惟念亲亡未葬，弟长未婚，为生平未了事。然先人生圹久营，所需卜吉。增弟年二十矣，负郭数顷田③，足可耕食。数年而后，当与秋芙结庐华坞河渚间，夕梵晨钟，忏除慧业④。花开之日，当并见弥陀，听无生之法。即或再堕人天，亦愿世世永为夫妇。明日为如来涅槃日⑤，当持此誓，证明佛前。

---

① 舁：共同抬东西
② 己酉：即 1849 年。
③ 负郭数顷田：靠近城郭的肥沃土地。
④ 慧业：佛教指生来赋有智慧的业缘。
⑤ 涅槃：僧人死。意思是说脱离一切烦恼，进入自由无碍的境界。